Friedrich Nicolai

Leben Justus Mösers

Friedrich Nicolai

Leben Justus Mösers

ISBN/EAN: 9783743619364

Hergestellt in Europa, USA, Kanada, Australien, Japan

Cover: Foto ©Raphael Reischuk / pixelio.de

Manufactured and distributed by brebook publishing software
(www.brebook.com)

Friedrich Nicolai

Leben Justus Mösers

Leben

Justus Mösers

von

Friedrich Nicolai.

Mit Königl. Preußischer Kurbrandenburgischer allergnädigster Freiheit.

Berlin und Stettin,
bey Friedrich Nicolai. 1797.

Leben

Justus Mösers.

Der große Mann der auf sein Vaterland und
auf sein Zeitalter wirkt, gehöret seinem Zeitalter und
der Nachwelt an; der originale Schriftsteller, den
Lesern die ihn fassen können; der interessante Gesell-
schafter, dem geselligen Zirkel dem sein Umgang lehr-
reich und angenehm ist; der edle Freund, seinen
ihm gleichgestimmten Freunden; der gewissenhafte
Geschäftsmann seinem Wirkungskreise; der wohlwollende Menschenfreund, denen deren Schicksal
er verbesserte, und den Hülfsbedürftigen die er unterstützte; der sorgsame und liebreiche Hausvater,
seiner durch herzliche Liebe mit ihm vereinigten Familie. Möser war alles dieses in vorzüglichem
Maaße: ich habe ihn in allen diesen Verhältnissen
und in den meisten genau gekannt; und doch fühle
ich, daß ich seinen Werth weder so lebhaft, noch so
anschaulich, noch so innig schildern kann, als ich ihn
empfinde. Mösers Leben selbst, seine individuelle
Lage, die Beschaffenheit seiner Handlungen, die Ent-
wicklung und die Anwendung seiner Talente, die
Wirkung seiner Schriften, machen daß das Unter-

A 3

nehmen, dem großen vermischten deutschen Publikum
einen Mann in seinem ganzen Verdienste darzustellen,
den es nur durch einige Schriften kennt, mit vielen
innern Schwierigkeiten verknüpft ist.

Der Mann, dessen loos war, Thaten zu thun
die jedermann in die Augen fallen, der Eroberer,
welcher länder besiegte, der Staatsmann, welcher
großen ländern eine andere Gestalt gab, macht es
seinem Biographen leicht, sein Verdienst und Un-
verdienst in helles licht zu stellen; denn alle allgemein
bekannte Handlungen erklären und bestimmen selbst
jedem leser die Talente und den Charakter. Aber es
giebt auch der Handlungen sehr viele, welche Stärke
des Geistes, Größe der Seele, Festigkeit des Charakters, wohlwollende Theilnehmung, feines Em-
pfindniß, und vorzügliche Geisteskräfte so nothwendig erfordern, daß wer während seines lebens ununterbrochen auf diese Art handelte, nothwendig ein großer Mann gewesen seyn muß; nur daß diese Handlungen, ihrer Natur nach oder durch die sie begleiten-
den Umstände, dem vermischten Publikum, das ganz
Deutschland erfüllet, im großen allgemeinen Gemälde oft nicht anschaulich darzustellen sind. Der
Frühlingsthau erquickt und befeuchtet das land; wer
mag es wagen, sein Bild vor die Augen zu bringen?
So war Möser!

Er scheint von sich selbst dergleichen Gedanken gehabt zu haben, eben so sehr aus Bescheidenheit, als aus
Beurtheilungskraft. Unter seinen nachgelassenen

Schriften fanden sich zwey unvollendete eigenhändige Aufsätze, worin er auf ganz verschiedene Art versucht hat sein eigenes Leben zu beschreiben. Der erste Aufsatz besteht nur aus folgenden wenigen Worten:

„Sie wollen ich soll Ihnen mein Leben beschreiben, „und zwar auf eine Art die mir Ehre mache. Allein „Sie haben nicht bedacht, daß ein Mann, von dem „man immer sagt: er sitzt und schreibt, wenig erlebt; „und wenn er sich eidlich verpflichtete, alles was ihm „anvertraut werden würde, mit sich ins Grab zu neh- „men, noch weniger zu erzählen hat."

Zwar hätte dieser vortrefliche Mann gewiß sehr viel höchst Interessantes von sich erzählen können! Wohl wahr aber ists, daß vieles, was er that, in der Erzählung nicht ganz den Werth haben kann, als in der Wirklichkeit selbst. Er hatte Zeitlebens auf ein ganzes Land den wichtigsten und wohlthätigsten Einfluß; aber auf ein Land, das klein, und dessen innere Verfassung in Deutschland nur Wenigen bekannt ist. Seine Schriften haben einen ganz originalen Charakter, und erheben den Verfasser zu einem der ersten deutschen prosaischen Schriftsteller; aber wegen der beständigen Beziehung auf das, was ihm am nächsten lag, sind sie in Deutschland bey weitem nicht genug bekannt und gelesen. Er besaß seltene Weltkenntniß, Menschenkenntniß, und gesellige Tugenden, die aber nur in einem eingeschränkten Zirkel, obgleich ganz ausgezeichnet, glänzen.

Der Biograph eines verdienten Mannes in England oder Frankreich darf voraussetzen, daß seine in der
Hauptstadt versammelten vorzüglichsten Leser jenen
persönlich kannten, oder wenigstens doch von vielem
was ihn anging, einen anschauenden Begriff haben.
Der Biograph eines deutschen großen Mannes muß
sich erinnern, daß der beträchtlichste Theil seiner Leser
den Schriftsteller vielleicht nur obenhin, und den
Menschen gar nicht kennt. Wenn ich also unterneh-
me, Mösers Verdienste und Charakter zu schildern,
so darf ich nicht hoffen, beide vollkommen in das Licht zu
setzen, worin ich eigentlich wünschte daß sie erschienen.
Ich werde vielleicht denen, welche den großen Mann
kannten, zu viel, und denen die ihn nicht kannten,
nicht genug sagen. Ich kann nur einzelne Züge
sammeln; vielleicht ists nicht bloß meinem Unver-
mögen zuzuschreiben, wenn sie für das große deutsche Publikum nicht in Einen Punkt zusammenzustellen sind, wodurch das Auge des Lesers den Mann
von seltenen Verdiensten in seiner ganzen Größe
erblickt.

Mösers Familie stammt aus der Kurmark her.
Sein Urältervater war zu Ende des sechszehnten
Jahrhunderts Rathsverwandter der Stadt Bran-
denburg an der Havel. Sein Aeltervater war suc-
cessiv, Konrektor zu Magdeburg, zu Kiel, und zu
Hamburg am Johanneum; dessen ältester Sohn
Johann, Mösers Großvater, zu Hamburg gebo-

ren, ward 1683 Prediger zu Osnabrück; und deſſen
Sohn Johann Zacharias war daſelbſt Kanzleydi-
rektor und Konſiſtorialpräſident, ein Vater von vier
Söhnen, von denen ihn nur unſer Möſer über-
lebte. Da dieſer keine männliche Erben hinterlaſſen
hat, ſo geht der Namen aus; es wäre denn daß in
der Mark Brandenburg noch Seitenverwandte vorhanden wären.

Im zweyten eigenhändigen Aufſatze Möſers über
ſein Leben, beſchreibt er die Zeit ſeiner Kindheit und
Schuljahre mit der ihm eigenen Laune, und in ganz
neuer Einkleidung, indem er einen Andern fol-
gendermaßen von ſich reden läßt:

„Wenn ich meinen Möſer zu bitten pflegte, daß
„er mir einige Umſtände ſeines Lebens, um ſie zu ſei-
„nem Andenken aufzuſchreiben, mittheilen möchte:
„ſo verwieß er auf ſeines Vaters, des um ſein Va-
„terland wohlverdienten Kanzleydirektors und Konſi-
„ſtorialpräſidenten Johann Zacharias Möſer, große
„Bibel, worin derſelbe eigenhändig beurkundet hätte,
„daß ihm den 14ten Dec. 1720 ein Söhnlein geboren
„worden, welcher in der Taufe den Namen Juſtus
„empfangen habe; und wenn ich ihn um die Art ſei-
„ner Erziehung befragte, antwortete er insgemein,
„daß er ſie ſo gut und nicht beſſer als Andere ſeines
„Gleichen empfangen hätte. Sein Fleiß verdiene
„keinen beſondern Ruhm: er hätte vieles geſchwin-
„der als Andere gelernt, und das Wenige was er ge-
„wußt, glücklicher gebraucht als Andere; übrigens
„glaube er, daß ſeine beiden Freunde von der erſten
„Kindheit an, der nachherige Helmſtädtſche Profeſſor

A 5

„Lodtmann *) und der Superintendent Bert-
„ling **) weit mehrern Fleiß angewandt hätten.
„Er wäre der Liebling seiner Mutter und ihr guter
„Junge in der Haushaltung gewesen, der in der Obst-
„lese lieber auf einem Baum als hinter einem Buche
„gesessen hätte. Das Merkwürdigste, was ihm in
„seinen jüngern Jahren begegnet wäre, bestände da-
„rin, daß er, als er kaum das funfzehnte Jahr er-
„reicht gehabt, aus seines Vaters Geldschranke eine
„Kleinigkeit ***) entwandt und, als sein Informator

---

*) Karl Gerhard Wilhelm Lodtmann, war 1720 zu Os-
nabrück geboren, bekannt als Schriftsteller durch die
Monumenta Osnabrugensia. Er kam im Jahr 1751 als
Professor der Philosophie und Rechte nach Helmstädt, und
starb im Jahr 1755. N.

**) Ernst August Bertling, geboren zu Osnabrück im
Jahre 1721. Er studirte mit Mösern zugleich in Jena
anfänglich die Rechte, ging aber bald zur Theologie über.
Er ward im Jahre 1748 als Professor der Gottesgelahrt-
heit nach Helmstädt berufen. Als er daselbst im Jahre
1749 Doktor der Theologie ward, ließ unser Möser als
Glückwunsch an seinen vertrauten Freund die Abhandlung de veterum Germanorum et Gallorum Theologia
mystica et populari drucken, wovon jetzt in seinen vermischten Schriften ein deutscher Auszug erscheint.
Bertling ward im Jahre 1750 Generalsuperintendent zu
Helmstädt, 1753 kam er als Rektor und Professor des
Gymnasiums nach Danzig, wo er 1769 starb. — Es ist
beynahe zu schließen, daß Möser diesen angefangenen
Aufsatz über sein Leben schon zwischen den Jahre 1750 und
1753 geschrieben habe, weil er seinen Freund einen Su-
perintendenten nennt. N.

***) Zwölf Groschen. N.

„ſolches gemerkt und ſeinem Vater hinterbracht, die
„Flucht genommen hätte, da er ſich dann zum Thor
„hinaus gemacht, und in Geſellſchaft einiger Preu=
„ßiſchen Ausreißer, worauf er von ungefähr geſtoßen
„wäre, die Stadt Münſter erreicht hätte. Hier
„wäre er, weil er kein Geld bey ſich gehabt, einen
„ganzen Tag die Gaſſen auf und nieder gegangen.
„Hundertmal hätte er ſich gegen eine Thür gewandt,
„und ein Almoſen bitten wollen. Allein wenn er den
„Mund aufgethan, wäre ihm die Stimme vergan=
„gen, bis ihn endlich der Hunger überwältigt und ge=
„zwungen hätte, eine Bitte zu wagen, worauf ihm
„ein Mann ſechs Pfennige gegeben hätte*). Damit
„wäre er in voller Freude zum Bäcker, und mit dem
„Brote zum Thore, worin er hereingekommen, hin=
„ausgelaufen, wo er ſich, ohne zu wiſſen was er thun
„wollen, auf einen Stein niedergeſetzt und ſein Brot
„verzehrt hätte**).“

„So weit ging ſeine Erzählung von ſeinen Schul=
„jahren; dem ich jedoch nach dem Berichte von An=
„dern hinzuſetzen muß, daß er zwar flüchtig, ſchalk=

*) Es war ein Domherr. M. hatte noch einen Treſſenhut
auf, an dem mochte der Domherr merken, daß es nicht
ein gemeiner Knabe war; er ſagte ihm daher ernſtlich, er
ſollte wieder nach Hauſe gehen.   N.

**) Sein Vater hatte ein Haus in Jburg, dahin ging er,
um ſich einige Wäſche u. ſ. w. zu holen; denn er war wil=
lens nach Amſterdam, und von da nach Oſtindien zu ge=
hen. Die Magd im Hauſe merkte etwas, gab Nachricht,
und ſo kam ſeine Mutter ihn abzuholen, ging auch gleich
mit ihm in die Kirche, damit niemand die wahren Um=
ſtände merken ſollte.   N.

„haft und wild, jedoch alles mit guter Art, und bey
„einem jeden beliebt gewesen, auch nach der Schule
„und von seinen Lehrern als ein feuriger Kopf, und
„besonders als ein treflicher Redner bewundert wor-
„den, der Stoff genug zu finden gewußt, um eine
„Deklamation von zwey Stunden zu halten. Hierin
„hätte er alle von seinem Alter übertroffen. In seinem
„zwölften Jahre hätte er und vorgedachte seine bei-
„den Freunde mit andern eine gelehrte Gesellschaft
„errichtet, worin sie sich einer eigenen von ihnen er-
„fundenen Sprache bedient. Sie hätten zu dieser
„Sprache ihre besondere Grammatik gemacht. Bert-
„ling hätte das Wörterbuch geschrieben, er aber die
„gelehrte Zeitung in dieser Sprache und die Kalen-
„der verfertigt, und das Siegel der Gesellschaft ge-
„stochen. Sie hätten sich zusammen dieser Thorheit
„so sehr überlassen, daß die Lehrer sie mit allen Schlä-
„gen nicht davon zurückbringen können.‟

Von einem Jünglinge, der schon in der Schule mit so viel Fähigkeit, zugleich eben so viel eigenthümliche Laune und von innen herausarbeitende
Thätigkeit zeigte, ist zu vermuthen, daß er in seinen
Universitätsjahren viel werde gelernt haben: eben
weil ihm lernen so leicht ward, und weil sich nachher zeigte daß er so viel wußte; aber es ist auch zu
vermuthen, daß er viel früher als andere Jünglinge
fähig und geneigt gewesen, nicht bloß zu hören oder
nachzuschreiben, sondern durch seinen hellen gesunden Verstand die von seinen Lehrern gehör-
ten Ideen zusammenzustellen, zu vergleichen, zu beurtheilen, und dadurch eigene Gedanken zu erwecken.

Wir Deutſchen ſuchen noch immer lebenslang
einen größern Werth, als andere Nationen, in dem
was im gemeinen gelehrten Leben Studiren heißt,
nämlich in dem Lernen auf Schulen und Univerſitäten:
denn nicht wenige Deutſche vermeinen noch immer,
wenn ſie die Anfangsgründe der Wiſſenſchaften ſich
haben vorſagen laſſen, hätten ſie die Wiſſenſchaften
ſelbſt erlangt. Daher berichten auch die Biographen
unſerer berühmten Gelehrten oft umſtändlicher als
nöthig wäre, nicht nur auf welchen Univerſitäten und
wie lange der Verſtorbene ſtudirt habe, ſondern
auch welche Lehrer ihm mit der Metaphyſik, dem erſten Gegenſtande deutſcher Studentenweisheit, oder
mit dem was etwa neue ſcholaſtiſche Mode an die
Stelle der ältern Metaphyſik ſetzt, den Kopf ſo ſehr
angefüllt haben, daß für nützlichere Wiſſenſchaften
weniger Raum blieb, oder welcher ſteifgelehrte An-
teceſſor und Ordinarius den Schüler durch
die Irrgänge der Pandekten ohne herausleitenden
Faden geführt, oder deſſen geſunden Verſtand über
die dornichten Wege des kanoniſchen Rechts nicht
ohne einige Verletzung habe ſtolpern, oder ihn im
Kriminalrechte aus Vorliebe zu Kaiſer Karls peinli-
cher Halsgerichtsordnung habe luſtwandeln laſſen.

Die Methode zu ſtudiren auf den deutſchen
Univerſitäten, war in Möſers Jünglingsjahren noch
ziemlich auf dem gelehrten Grundſatz gebauet: daß
man für die Schule, aber eben nicht fürs menſchliche Leben lernen müſſe; wie denn damals der Glauben

faſt allgemein war: der Siß der Gelehrſamkeit ſey
ausſchließend nur auf hohen Schulen*); ſo daß man
alle Gelehrſamkeit nur allein in Beziehung auf dieſel-
ben betrachtete. Die theologiſchen Doktoren bewahrten damals das Syſtem ſeligmachend zu lehren allein in ihren Fakultätsſeſſionen, und in ihren
Hörſälen zogen ſie neue theologiſche Doktoren, die
wieder das Syſtem bewahrten, und nur allzuge-
lehrte Prediger, unbekümmert ob Layen in der Welt
wären, und ob denſelben die theologiſche Syſteme
und die Gelehrſamkeit der Doktoren etwas müßten.
Die Rechtsgelehrten, gleich ſchwerfällig, wenn ſie
gelehrt und wenn ſie elegant ſeyn wollten, verach-
teten den gemeinen Rechtsgebrauch, und wann es
viel war, ſprach ihre Fakultät Recht wie im alten
Rom

*) Ich ſelbſt habe einen ſehr gelehrten Mann gekannt, der
noch im Jahre 1768 ganz im Ernſte behauptete: Es ſey
zweckwidrig, in Reſidenzſtädten öffentliche Bibliotheken
anzulegen, welche, ſeiner Meinung nach, nur auf Univerſitäten vorhanden ſeyn müßten: „Denn, ſagte er, auf
„Univerſitäten ſind die Lehrer alles menſchlichen Wiſſens
„verſammelt, welche davon durch ihre Schüler in dem
„übrigen Lande ſo viel ausſpenden als nöthig iſt. Dieſe
„Lehrer alſo haben öffentliche Bibliotheken nöthig. Die
„wenigen, in Reſidenzſtädten und ſonſt befindlichen Ge-
„lehrten und gelehrte Geſchäftsleute, können zu den Bü-
„chern, welche ſie etwa nöthig haben, ſich das Geld füg-
„lich vom Kaffee und andern unnöthigen Luxus abſparen.”
Es ſcheint, die Theorie dieſes gelehrten Mannes ſtellte
ſich, vermuthlich a priori, den Luxus der Gelehrten in
den Reſidenzſtädten ſehr groß vor. H.

Rom; ja selbst ihr deutsches Jus publicum war sehr
gelehrt aufs Herkommen und auf die Demonstration
gebauet, ohne Rücksicht was etwa im H. Röm.
Reiche deutscher Nation, auch nur seit Kaiser Leo-
polds des Ersten Zeiten, sich zugetragen, oder ver-
ändert hätte: denn ein Pütter oder Steck lehrten damals noch nicht! Die Philosophen — wie sie
freylich immer zu thun pflegen — disputirten und
bemonstrirten a priori, als wäre gar keine wirkliche
Welt vorhanden, und die Erfahrung nichts werth.
Bloß die Aerzte, von Sydenham und Friedrich
Hoffmann geführt, suchten wenigstens das kranke
wirkliche Leben einigermaßen kennen zu lernen, obgleich damals, wo nicht mehr, doch gewiß eben so viel
Menschen an allzugelehrt schiefen theoretischen Sy-
stemen mögen gestorben seyn, als jetzt an der allzugelehrt schiefen praktischen Beobachtung.

Der steife Lehrerton ward damals für eine un-
vermeidliche Beylage ächter Gelehrsamkeit gehalten.
Zu der Zeit, als Möser im Jahre 1740 zuerst die
Universität bezog, war es in ganz Deutschland mit
der Art zu studiren beynahe so beschaffen, wie mit
der damaligen Art sich zu kleiden. Steif, einge-
zwängt, unnatürlich waren alle Kleidungsarten; man
mußte die Schlafröcke erfinden, um wenigstens zu
Hause ungezwungen zu leben. Seitdem ist freylich
die Art sich zu kleiden geändert und etwas natürlicher
geworden, so wie auch unsere Art auf Universitäten
zu studiren. Doch kommt es mir zuweilen vor, als

wäre in der letztern hin und wieder noch manches von
theoretischen großen Haarbeuteln, spekulativen langen fein gerade gefalteten Manschetten, und debu-
cirten steifen Schößen, welche dadurch weder beque-
mer, noch natürlicher, noch zweckmäßiger sitzen wollen, weil sie nach einer neuerfundenen Form zuge-
stutzt sind, die ein anderes Ansehn hat als diejenige,
mit welcher im Jahre 1740 unsere Universitäten sich
sehr zierlich dünkten.

Möser studirte in den Jahren 1740 und 1741
zu Jena, und im Jahre 1742 zu Göttingen, einer
Universität, welche damals schon, sonderlich in der
Rechtswissenschaft, unter der Kuratel eines der ein-
sichtsvollesten Geschäftsmänner, vorzüglich bestimmt
war, eine hohe Schule auch für die wirkliche Welt zu
werden; das war sie aber, wenigstens damals, noch
nicht. Wie viel, unmittelbar nach Mösers Zu-
rückkunft von beiden Universitäten, die damals ge-
bräuchliche Schulphilosophie und die darnach modifi-
cirten Lehrmethoden in allen Wissenschaften auf seine
Art zu denken mögen Einfluß gehabt haben, ist nicht
bekannt. Gewiß ists, daß er in reifern Jahren dem
absprechenden Lehrertone, welcher sonst auf Universitäten noch allgemeiner wie jetzt herrschte, eben nicht
gewogen war. Und so tolerant er über Meinungen
urtheilte; so lächelte er dennoch, sonderlich in den
letzten Jahren seines Lebens, bey bekannten Veran-
lassungen über die Anmaßung derjenigen, welche
glauben, durch Lehren der Theorie die Praxis der

bürgerlichen Geſellſchaft regieren zu können, beſonders aber derjenigen, welche jetzt wieder ſo laut ankündigen, daß ſie mit ihren theoretiſchen formalen Grillen die wirkliche Welt, die ſie nicht kennen, ſehr kräftig verbeſſern oder gar umkehren wollen.

Möſer wußte übrigens damals ſchon, daß man auf Univerſitäten, wenn man da nur hört, eigentlich nicht ſtudirt, ſondern daß man alsdann eigentlich zu ſtudiren anfangen ſollte, wenn man die Hörſäle verläßt; und daß das menſchliche Leben, mit ſeiner großen Mannichfaltigkeit, ein höchſt ſtudirenswürdiges, aber nur für den hellen und beobachtenden Kopf offenes Buch iſt. Die früheſte Bildung im väterlichen Hauſe muß ihn außerdem ſchon dürrer Schulweisheit abgeneigt gemacht, und ihn eher auf Weisheit geführt haben, im menſchlichen Leben anwendbar. Dieſe wird weder durch ſtörrige Demonſtrationen noch durch ſteife Deduktionen erlangt, ſondern bildet ſich nach und nach durch Kenntniß der Neigungen und Charaktere der Menſchen, und durch helle Reflexionen darüber.

Sein Vater war ein im Lande ſehr angeſehener, äußerſt thätiger Geſchäftsmann. Seine Mutter gehörte zwar zu den guten weſtphäliſchen Hausfrauen, welche das Wirthſchaftsweſen für den erſten Zweck ihres Daſeyns halten, und die alſo ihre Kinder auch hauptſächlich dazu erzog; aber ſie liebte doch die franzöſiſche Sprache, und wies ihre Söhne auch von Jugend auf dazu an. In einem Schreiben

an mich*) berichtet er selbst, „daß er seine ersten
„Schulübungen nach Marivaur gemacht, und
„damals seinen St. Evremont mehr als zehnmal
„durchgelesen habe." Wenn man die Schreibart
und die Weltkenntniß dieser beiden französischen
Schriftsteller gegen die rohe Schulgelehrsamkeit hält,
welche damals in Deutschland nur allein für Gelehrsamkeit galt, so ist leicht einzusehen, daß ein Jüng-
ling, der schon in seinen frühen Jahren ihnen so viel
Geschmack abgewann, daß er sie mehrmals durchlas,
hellere Ideen über Schulweisheit und wirkliches
menschliches Leben von der Universität zurück brachte,
oder doch bald nachher sich erwarb, als mancher von
seinen grundgelehrten Lehrern je erlangt hat. Ueber-
dieß ist zu bedenken, daß Möser in seiner frühern
Jugend sich nicht etwa nach Marivaur spißfindigen
dramatischen Stücken bildete, sondern nach dessen
beiden Romanen, wie aus seinem obigen Schreiben
erhellet. Diese sind aber in ihren höchst interessan-
ten Situationen, in ihren so sehr wahren und so fein
nüancirten Charakteren, voll treffender Menschenkenntniß und biegsamer Philosophie des Lebens, welche
die Menschen nimmt und beurtheilt wie sie sind und
seyn können, worauf die störrische erfahrungslose
Schulweisheit gewöhnlich gar nicht achtet. Dem
Jünglinge, der schon jene zu fühlen und zu schätzen
fähig war, konnte diese wohl eben nicht sehr, wenigstens nicht lange behagen.

*) S. im gedruckten Briefwechsel Nr. 36.

Im Jahre 1746 heurathete er. Seine Gattinn, eine geborne Brouning*), war eine ſeltene Frau, an Geiſt und Herz und Kenntniſſen, eines Möſers würdig. Auch der Umgang mit ihr ſetzte die Bildung ſeines Geiſtes auf dem angefangenen Wege fort, denn auch ſie war eine Freundinn und Kennerinn der franzöſiſchen Sprache und Litteratur. Zu ſeinen vertrauteſten Freunden gehörte der Domherr von Bar, der durch drey Bände *Epitres diverſes* in franzöſiſcher Sprache bekannt iſt, denen man zwar Härte in Abſicht auf die Franzöſiſche Sprache und Verſifikation nicht ohne Grund vorwerfen kann, in welchen man aber den ſcharfſichtigen Menſchenkenner und den wohlwollenden Menſchenfreund auf jedem Blatte findet. Derſelbe hatte eine Tochter**), eine der vollkommenſten Perſonen ihres Geſchlechts, von Möſern außerordentlich verehrt, und die, wie er bekannte, zu ſeiner Bildung viel beygetragen hat. Hier ſind Spuren genug, wie ſich Möſers Geiſt und Charakter ſehr früh in einer Stadt in Weſtphalen ſehr vorzüglich bilden konnte, zu einer Zeit, da noch in ganz Deutſchland zur Bildung ſo wenig Gelegenheit war.

B 3

---

*) Ihr Vater war geheimer Sekretär des damaligen proteſtantiſchen Biſchofs von Osnabrück, Herzogs Ernſt Auguſt von York.

**) Man ſehe ein Schreiben von ihr an Möſer in Abbts Briefwechſel Nro. 16. S. 65.

Indeß würde Möſer durch eine bloß franzöſiſche Bildung, wenigſtens als Gelehrter und Schriftſteller, ſchwerlich der Mann geworden ſeyn, der er
nachher ward. Man ſieht dieß aus ſeinen erſten
Schriften, welche in dieſe Zeit fallen: aus dem
Verſuch einiger Gemälde von den Sitten, aus
ſeinen Beyträgen zu der deutſchen Zuſchauerinn,
aus dem Trauerſpiele Arminius; welche Schriften alle zwiſchen Gottſched und Marivaux ſchwanken.
Seine nachher herausgegebenen Werke ſind durchaus
von einer ganz andern Art. Ein ganz anderer Geiſt
wehet darin; von ſeiner frühern Bildung nach franzöſiſchen Schriftſtellern iſt darin faſt keine Spur.

Möſers Einſichten und Talenten einen man-
nichfaltigern Schwung zu geben, trug beſonders ein
anderer, ſowohl mit ihm als mit dem Domherrn
von Bar innigſtvertrauter Freund bey, Herr J. S.
von dem Buſſche, deſſen Andenken Möſer hernach eine eigene, im Jahre 1756 zuerſt gedruckte
Schrift: der Werth wohlgewogener Neigungen betitelt, widmete. Derſelbe hat zwar nie ein
öffentliches Amt bekleidet, oder etwas zum Drucke geſchrieben, hatte aber ſeinen Geiſt durch das Studium
mehrerer Wiſſenſchaften, und durch Reiſen in Ita-
lien, Frankreich und England ſehr ausgebildet.
Möſer erwarb ſich die Kenntniß der Sprachen dieſer
Länder, und die Lektur der beſten engländiſchen und
italiäniſchen Schriftſteller gab ſeinen Einſichten und

Talenten auf mancherley Weiſe eine veränderte
Richtung.

Dazu trug auch zugleich ſelbſt der Kreis ſeines
Geſchäftslebens bey, welcher ihn nothwendig auf Lan-
deskenntniß brachte, wozu Diplomatik und Ge-
ſchichtsforſchung — Studien, worin er ſich nachher ſo groß zeigte — unumgänglich nöthig waren.
Doch würde er vielleicht nur ein vorzüglicher Geſchäftsmann, nicht ein ſo ſehr vorzüglicher Schriftſteller geworden ſeyn, wenn nicht die thätigſte Zeit ſeines Geſchäftslebens, und zugleich ſein Alter zwiſchen
dreißig und vierzig Jahren — das Alter, wo gewöhnlich die Bildung eines Schriftſtellers Feſtigkeit
zu bekommen pflegt — in die Zeit des ſiebenjährigen
Krieges gefallen wäre. Man muß ſich die ganz individuelle Verfaſſung von Möſers Vaterlande, und
die Lage der Sachen während und bald nach dem
Kriege recht deutlich vorſtellen, um einzuſehen, welche wichtige Wirkung dieſes alles auf ſeine Geiſtes-
fähigkeiten und Weltkenntniß, auf ſeinen Charakter
als Geſchäftsmann und als Schriftſteller gehabt hat.

Die Erſchütterungen des ſiebenjährigen Krieges hatten, wie die Kriege überhaupt, den zufälligen
Nutzen, daß viele Charaktere ſich auf eine Art ent-
wickelten, wie ſonſt nicht leicht. Dieſer Krieg war
für ganz Deutſchland kritiſch, noch mehr für den
kleinen Staat Osnabrück.

Klein, und im Kriege, ſagt ſchon genug für
einen ſolchen Staat. Feinde durchziehen ihn, wel-

che durchaus ohne Bedenken alles nützen und nehs
men, was der Kriegsgebrauch erfordert, den man
des Wohllauts wegen Recht nennt; selbst wenn ihn
Freunde durchziehen, vergessen sie nicht, auch zu nüs
tzen und zu nehmen, und wissen dieß allenfalls, dem
Weltlaufe gemäß, auf irgend eine Art freundschaft-
lich zu benennen.

Dieser kleine Staat ist ein geistlicher Staat.
Wer einen geistlichen Staat nennt, nennt eine Ari-
stokratie, und von ganz besonderer Art, worin eine
Menge Rücksichten Kombinationen und Unterhand-
lungen, wie in einen Brennpunkt, zusammenlaufen.
Nur wenige, nämlich die Domherren, sind der Regierung, wo nicht in der That, doch dem Rechte
nach, fähig, wenigstens zur Wahl des Regenten
berechtigt. Jeder, der hierzu gehört, hat seine Absichten und seine Partey. Früh gewöhnt, jene und
oft auch diese geheim zu halten, weil natürlich die
Absichten Vieler müssen vereinigt werden, um die
Absicht eines Einzigen zu erreichen, beobachtet jeder
den andern beständig, sucht ihm unvermerkt zu Gefallen zu leben oder zuwider zu seyn, nachdem es die
Umstände erfordern, seinen Zweck immer im Sinn
behaltend und die Mittel dazu von weitem vorbe-
reitend.

In einem solchen geistlichen Staate ist die
Wahlfähigkeit im aktiven und passiven Sinne zwar
in sofern angeerbt, daß die Ahnenprobe eine un-
nachlaßliche Bedingung ist. Aber es bleibt immer

ein großes Problem der Klugheit, im Voraus zu
ſehen, wie viele von der nächſten wirklichen Regierung ausgeſchloſſen ſeyn werden, wie Wenigen es
möglich iſt gewählt zu werden, und wie wenig oder
viel Wahrſcheinlichkeit dazu bey jedem von dieſen
Wenigen Statt finde, um darnach ſein Benehmen
ſchon ſeit langer Zeit einzurichten.   Zwar kann ein
proteſtantiſcher Domherr in Osnabrück gar nicht Biſchof werden, und ſeit länger als zweyhundert Jahren iſt kein katholiſcher Domherr aus dem Kapitel,
ſondern immer ein Fürſt oder Fürſtenſohn gewählt
worden.   Dieß iſt aber nur eine zufällige Folge aus-
wärtiger Politik.   Das Recht, den Biſchof und
Landesherrn zu wählen, und dazu gewählet zu werden,
bleibt immer den Domherren; der Fall, daß das letztere wirklich ausgeübt werde, kann durch einen Zuſam-
menfluß unvorgeſehener Umſtände täglich wieder kommen, und bey jeder Wahl, ſelbſt wenn ſie ſchon vorher auf einen auswärtigen Prinzen beſtimmt wäre,
wird nicht leicht ein Domherr ſeyn, der nicht eine
Partie zu machen oder zu verſtärken, Forderungen
und Abſichten zu erhalten oder zu hindern hätte: un-
gerechnet noch die Autorität, und die Abſichten und
das Wirken jedes Domherrn, welche in allen
geiſtlichen Staaten Statt finden, wenn während
einer Sedisvakanz das Regiment von dem Domkapitel geführt wird.

Die lage wird in Osnabrück noch verwickel-
ter dadurch, daß neben dem regierungsfähigen
DomKapitel, beſtehend aus alten Edelleuten, die

B 5l

Ritterschaft oder die Eigenthümer der Burg-
sitze, welche die landtagsfähigkeit im ritterschaftli-
chem Kollegium haben, landtagsfähig sind, an Ge-
burt und Ahnen den Domherren gleich, an Interesse
oft von ihnen abgesondert, den unmittelbarsten Einfluß auf die landesgeschäfte haben; und in Osnabrück
ist noch dazu der größte Theil der landtagsfähigen Ritterschaft protestantisch, hingegen das Domkapitel
größtentheils katholisch *). Dieß setzt eine Menge
Menschen, die noch dazu sehr nahe nebeneinander
leben, in eine sonderbare Thätigkeit, wovon man
in einem großen monarchischen Staate kaum einen
Begriff hat; und wenn dieses beständige mannichfaltige Bestreben auch nicht immer eine Schule der
Menschenliebe seyn sollte, so ist es gewiß eine sehr
lehrreiche Schule der Menschenkenntniß, in die besonders der unregierungsfähige Beamte des Staats
geführt wird. Ist er ein Biedermann, so muß er
zwar innere Güte und Festigkeit des Charakters haben, aber früh lernen, sich mit Klugheit und Vor-
sicht nach allen Seiten zu schmiegen, wenn er sich
selbst erhalten will, um dem Staate dienen zu können.

Osnabrück ist ferner ein geistlicher Staat von
ganz besonderer Art, nicht nur aus katholischen
und protestantischen Domherren und Staats-
beamten zusammengesetzt, sondern auch die Rit-

---

*) Die Anzahl der Domherrn ist 25, worunter drey luthe-
risch seyn müssen, weil im Normaljahre 1624 diese Anzahl vorhanden war.

tergutsbeſitzer ſind meiſt proteſtantiſch; und
das Land iſt einem Landesherrn und Biſchofe
aus beiden Religionen wechſelsweiſe unterwor-
fen   Hier ſtoßen die ſonderbarſten Kombinationen im
höchſten Maaße zuſammen, indem der Geiſt des Proteſtantismus ſich an den Geiſt des Katholicismus an-
ſchmiegen ſoll und muß.   Die Regierungsform eines
geiſtlichen Staats iſt von jedem weltlichen Staate, er
habe eine Form welche er wolle, weſentlich unter-
terſchieden; denn er iſt urſprünglich katholiſch, gegründet auf die nach Kirchengeſetzen der finſterſten
Jahrhunderte über alles Weltliche weit hinaus reichen ſollende geiſtliche Gewalt, welche der katholiſche größere Theil der Domherren, Prieſter oder
nicht, durch den Cölibät, von jedem Layenſtaate abgeſondert, im ſtrengſten Sinne behaupten muß.   Dem
Geiſte des Proteſtantismus, welcher keine geiſtliche
Gewalt erkennet die von der weltlichen allein recht-
mäßigen Gewalt abgeſondert, oder gar über dieſelbe
erhaben wäre, ſind zwar die Begriffe einer geiſtlichen
unabhängigen Hierarchie ganz zuwider; aber die wenigen Proteſtanten im Domkapitel und die Beamten,
welche dieſer Religion zugethan ſind, müſſen in Abſicht ihrer öffentlichen Geſchäfte ſchon die katholiſchen
Grundſätze gewiſſermaßen annehmen: denn der
Staat kann einmal nicht anders als nach denſelben
regiert werden, und das erſte Erforderniß eines prakti-
ſchen Staatsmannes iſt doch, daßl er helfe den
Staat nach denjenigen Prinzipien regieren, auf die

er gegründet ist, mögen sie sonst auch beschaffen seyn wie sie wollen, weil jener sonst nicht bestehen kann. So wird in Osnabrück, wie in sehr vielen Staaten von allerley Beschaffenheit, Wahrheit auf Irrthum gegründet, und die Folgen finden sich auch nach dem praktischen Verhältnisse des Irrthums und der Wahrheit.

Endlich veranlasset auch die dem kleinen Osnabrückschen Staate ganz eigene Verfassung, welche sich bey keinem andern findet, daß nämlich dessen Landesherr wechselsweise ein Katholik oder ein Protestant ist, wechselsweise zum Cölibat gezwungen oder verheurathet, wechselsweise ein deutscher katholischer Edelmann, welcher sechszehn Ahnen aufzuweisen hat, oder ein Prinz aus einem deutschen Kurhause, welches aber seit Menschengedenken nicht eigentlich deutsch ist, ganz eigenthümliche und verwickelte Verhältnisse. So lange ein Bischof lebt, hängt es von ihm allein ab, wem er die Besorgung der Regierungsgeschäfte auftragen will. Ist also der Bischof katholisch, so haben die Katholischen die nächste Aussicht dazu: ist er protestantisch, die Protestanten; und es bleibt natürlich, daß die Religion zu welcher sich der Landesherr bekennet, seinen Religionsverwandten immer zu irgend einigem Vortheile gereicht. Die Lage eines Staats, zumal eines kleinen, der aus Katholischen und Protestanten gemischt ist, verursacht auch ganz natürlich mehr oder minder die Aufmerksamkeit beider Theile auf einander. Die katholischen

Geiſtlichen, Prieſter ober nicht, betrachten im Herzen die Proteſtanten immer als Uſurpatoren, welche
ſie noch einmal zu ihrer Kirche, ſey es mit Gewalt
ober mit ſanftern oder ſanfterſcheinenden Mitteln zu-
rückzubringen hoffen, bis dahin aber durch Mittel
beiderley Art, ſobald ſie nur können, möglichſt ein-
zuſchränken, und ihre eigene Gewalt auszudehnen
ſuchen: und dieß können und dürfen ſie vermöge ihrer größern Macht und der konſequentern Einrichtung ihrer Hierarchie wagen, und wagen es gern.
Hingegen die Proteſtanten, ob ſie gleich die Noth-
wendigkeit zu ihrer Vertheidigung immer wachſam
zu bleiben wohl einſehen, ſind dennoch allenthalben
minder mächtig, in ihrer inneren Verfaſſung weniger
konſequent, vielleicht oft auch weniger ſchlau. Sie geben katholiſchen Grundſätzen und Ueberlegungen leichter nach, als die Katholiſchen proteſtantiſchen, und
merken ſehr oft die Folgen ihrer Nachgiebigkeit eher
nicht, als bis es zu ſpät iſt. Wenn auch gleich
Klugheit, Patriotismus, Achtung für Verfaſſung
und verträgliche Geſinnungen, und Nachgiebigkeit,
welche oft durch politiſche Rückſichten mehr, als
durch eigentliche Aufklärung, der man ſie zuſchreibt,
bewirkt werden, dergeſtalt das Gleichgewicht halten,
daß der Staat in äußerlicher und innerlicher Ruhe
bleibt; ſo gehen doch in den Gemüthern und in kleinen Zirkeln beider Parteyen Bewegungen vor, wovon man in einem bloß proteſtantiſchen Staate kaum
einen Begriff hat. In dem Osnabrückſchen Staate

macht daher die jedesmalige Veränderung des Landesherrn, die allenthalben höchst wichtig ist, eine
sehr vervielfachte Bewegung in den Gemüthern.
Ich kann sie mir um desto lebhafter vorstellen, da
mein Freund Möser mir über manche dahin gehörige
Gegenstände oft mündlich so vieles darüber erzählte.
Es ist zum Beyspiele natürlich, daß zur Zeit, wenn
die Lebenszeit und Regierung eines protestantischen
Landesherrn und Bischofs zu Ende zu gehen scheint,
die Katholischen aufmerksam werden, welchem der
benachbarten katholischen geistlichen Fürsten das Bis-
thum Osnabrück wohl zu Theile werden möchte, und
daß besonders die Domherren, welchen anscheinend
die Wahl zusteht, die Augen nach allen Seiten richten, damit jeder von seinem Antheile am Wahlrech-
te, theils in Absicht der Wahl selbst, theils in seiner nachherigen Lage die möglichsten Vortheile ziehe.
Eben so natürlich ist es, daß wenn die Regierung
eines katholischen Bischofs zu Ende gehet, beyde
Theile, Protestanten sowohl als Katholische, ihre
Augen auf das Kurhaus Braunschweig-Lüneburg
richten, und die Umstände berechnen, welche jedem
nach seiner Lage und Absichten zuträglich oder hinder-
lich werden können.

Zu Mösers Zeiten, da der Eröffnungsfall des
Bischofthums gerade in die Zeit des siebenjährigen
Krieges traf, ereigneten sich ganz besondre Vorfälle.
Der Kurfürst von Köln Klemens August, ein ge-
borner Prinz von Baiern, war seit 1729 auch Bi-

ſchof von Osnabrück. Da aber, nach Aufhebung
der Konvention von Kloſter-Seven, die alliirte Armee ins Stift rückte, ſo ward durch dieſelbe der Biſchof, als zur Oeſtreichſchen Partey gehörig, ſo gut
wie entſetzt. Die von demſelben zur Regierung ver-
ordneten Perſonen führten dieſelbe, gemeinſchaftlich
mit einigen landſtändiſchen Deputirten, nach dem
Willen des kommandirenden Generals, bis zum Fe-
bruar 1761, wo der Kurfürſt ſtarb. Nun trat die
während der Sedisvakanz gewöhnliche Regierung
des Domkapitels ein, welche bis in den Januar
1763, das heißt bis zu Ende des ſiebenjährigen
Krieges, dauerte. Es ſendete alsdann der König
von England zwey Hannöverſche Kommiſſarien zur
Landesregierung, und befahl allen Einwohnern, denſelben zu gehorchen. So blieb es bis in den Fe-
bruar 1764. Da geſchah was man vorher nicht ge-
ſehen hatte, daß der König ſeinem nur ſieben Monate alten Sohne*) die Osnabrückſche Inful und
mit ihr den Osnabrückſchen Scepter zuwendete, welches wenigſtens für das Land den Erfolg hatte, daß
es die alliirte Armee, von der es vorher nicht viel anders als feindlich behandelt ward, nunmehr in einer
ganz entgegengeſetzten Geſtalt ſah.

---

*) Sterne dedicirte Ihm daher zwey Jahre hernach, in ſeiner
gewöhnlichen Laune, ein Buch folgendergeſtalt:

Dem Hochwürdigſten
in Gott Vater
(nur drey Jahr alt)

Aus Zusammenhaltung aller dieser Umstände
läßt sich einigermaßen Mösers Lage ermessen, welche auf seinen Charakter als Geschäftsmann und als
Mensch, und auch als Schriftsteller, unstreitig den
sichtbarsten Einfluß haben mußte. Er lernte früh
sich in Menschen aller Art, auch von den entgegen-
gesetztesten Gesinnungen und von dem entgegengesetz-
testen Interesse schicken. Daher seine Toleranz gegen menschliche Meinungen und Gesinnungen; daher seine Neigung alle Gegenstände von mehrern
Seiten zu betrachten, zuweilen absichtlich von denjenigen, von welchen man sie am seltensten zu betrachten pflegt, durch welche Neigung bey ihm so viel
neue Ideen erzeugt wurden. Daher aber freylich
auch seine hin und wieder merkliche Neigung zu Pa-
radoxieen und zu skeptischen Sätzen, welche zum
Theile auch durch die Rücksicht auf die verschiedenen
Personen und Partenen, welche er zu schonen nöthig hatte, hervorgebracht, allemal aber sowohl
durch seinen hellen gesunden Verstand als durch das
hohe Wohlwollen, welches wesentliche Bestand-
theile seines Charakters waren, nicht nur gemil-
dert und unschädlich, sondern auch nützlich gemacht
ward.

Als Möser von der Universität zurück kam,
ließ er sich unter die Zahl der Advokaten aufneh-
men; und schon im Jahre 1747 ward ihm die ehren-
volle und wichtige Stelle eines Advocatus Patriae

triae*) aufgetragen. Nicht lange darauf erhielt er
noch außerdem die Stelle eines Sekretars, und
nachher eines Syndikus, der Ritterſchaft **). Dieſe
letztern Aemter gaben ihm aber bis zu Anfange des
ſiebenjährigen Krieges wenig Beſchäftigung. Bis
dahin, und auch noch nachher, bis zum Jahre 1768,
da er zum Geheimen Referendar bey der Regierung ernannt ward, machte er ſich vorzüglich als Advokat um das Vaterland verdient. Wider den an
ſich ſo nöthigen als nützlichen Advokatenſtand ſind
nicht wenige Perſonen mit Vorurtheilen eingenom-
men, weil man freylich Beyſpiele genug hat, daß
er gemißbraucht worden, das Recht zu verdrehen,
und hülfloſe Unterthanen und Mitbürger zu unter-
drücken. Möſer aber war ein Sachwalter der Unterdrückten im edelſten Sinne des Wortes. Er war
unter allen Advokaten im Stifte Osnabrück der Einzige, welcher gegen den damaligen Statthalter und
Geheimenrathspräſidenten, den Dompropſt von
K** †), die Feder führte. Möſer ſelbſt und an-

---

*) In dieſer Qualität lag ihm ob die Rechtshändel zu führen,
  welche der ganze Staat mit Auswärtigen ſowohl als mit
  Einheimiſchen (z. B. wenn dieſe Exemtionen von Steuern
  oder andere Vorzüge und Privilegien verlangten) hatte,
  und er entwarf alle dazu nöthige gerichtliche und außerge-
  richtliche Handlungen.

**) Die Landſtände des Stifts Osnabrück ſind in drey ver-
  ſchiedene Korpora eingetheilt, nämlich: 1) das Domkapitel, 2) die Ritterſchaft, 3) die Deputirten der Städte.
  Jedes Korpus hat ſeinen Syndikus und Sekretar.

†) Er ſtarb kurz vor dem Anfange des ſiebenjährigen Krieges.

bere glaubwürdige Personen schilderten jenen Mann als einen stolzen, herrschsüchtigen und höchst intoleranten Geistlichen. Möser allein wagte es, so oft sich die Gelegenheit darbot, das Recht der Unterdrückten gegen den sehr mächtigen und höchst despotischen Statthalter vor Gerichte zu vertheidigen. Schon hierdurch erhielt er früh das uneingeschränkte Zutrauen seiner Mitbürger, so daß auch im Lande nicht leicht ein erheblicher Rechtsstreit geführt ward, in welchem Möser nicht von einem Theile wäre um Rath gefragt worden. Daher bekam er auch auf Vermittelung der Landstände, besonders der größtentheils protestantischen Ritterschaft, wie eben gedacht, die Stelle eines Advocatus Patriae.

Es ist ein merkwürdiger Zug an Mösern, daß er von Jugend auf eine Abneigung fühlte ein richterliches Amt zu übernehmen — vielleicht, weil er nicht gern entschied —; und daß er hingegen, wie er selbst oft sagte, mit Leidenschaft Advokat gewesen war: — vielleicht, weil er da mehrere Seiten eines Gegenstandes besser untersuchen, entwickeln, und gegen einander stellen konnte. Diese seine Lieblingsbeschäftigung in seinen besten Jahren hatte gewiß keinen geringen Einfluß auf die in seinen Schriften so auffallende Manier, Gründe und Gegengründe gleichsam einander entgegen aufzuführen, ja wohl gar Gründe für eine Meinung aufzusuchen, welche nicht eigentlich die seinige war. Auch beförderte seine Praxis als Advokat wahrscheinlich bey ihm die

Neigung zu Studien, welche ihn nachher ſo ſehr
auszeichneten. Wenn er z. B. in einem Rechtshan-
del deutlich auseinander ſetzen ſollte, in wie fern
einem Stande oder einem Gute die Befreyung von
einer Steuer oder einer Gerichtsbarkeit zuſtehe?
welche Rechte der Landesherr, oder der Gutsherr
gegen den Bauren, der Verfaſſung gemäß, habe?
ob die Geiſtlichkeit, nach der erſten Einrichtung,
ſtatt der unter der Benennung des Zehenten erhobe-
nen Abgabe nunmehr den zehnten Theil aller Na-
turprodukte zu fordern habe*)? u. dergl. m.; ſo mußte
er nothwendig die ältere Geſchichte und Verfaſſung
ſeines Vaterlandes befragen, und dadurch entwickelte ſich bey ihm der Keim zu vielen gelehrten Un-
terſuchungen welche nachher in ſeinen Phantaſieen
und in ſeiner Osnabrückſchen Geſchichte ſo herrliche
praktiſche Früchte trugen.

Möſers Talente als Advokat, und die Freymü-
tigkeit mit welcher er jederzeit, ohne alle Menſchen-
furcht, das Recht der Unterbrückten vor Gerichte
darſtellte und vertheidigte, machten daß die prote-
ſtantiſche Parten im Lande, beſonders die Ritterſchaft, ihn als ihre vorzüglichſte Stütze gegen die damals übermächtige katholiſche Geiſtlichkeit anſah. So
warb er auch bem Hannöverſchen Miniſterium be-

C 2

*) Man ſehe Möſers Briefe an mich No. 223 und den Aus-
zug eines wichtigen Gutachtens über den letzten Gegenſtand in den Phantaſieen, IV. Th. S. 351.

merklich gemacht, welches während der Regierung
eines katholischen Bischofs natürlich immer geneigt
ist sich der Protestanten anzunehmen. Der berühmte Premierminister G, A. von Münchhausen
ward von Mösers juristischen Kenntnissen und Rechtschaffenheit so sehr überzeugt, daß er ihm in den ersten Jahren des siebenjährigen Krieges sogar die wichtige Stelle eines Oberappellationsraths in Zelle an-
bot. Möser aber verbat dieselbe, theils wegen seiner Abneigung vor einem richterlichen Amte überhaupt, theils auf das bringende Bitten Osnabrücki-
scher Patrioten, welche damals schon hoften, es
würde ihm bey veränderter Regierung ein wichtiger
Theil der Landesangelegenheiten aufgetragen werden,
welche durch den Krieg schon in so kritischer Lage
waren.

Als die Franzosen mit ihrer Armee im Som-
mer 1757 ins Stift Osnabrück einrückten, nannten
sie sich zwar Freunde, aber sie forderten freundschaft-
lich große Lieferungen und eine Menge Fuhren, und
die Winterquartiere zehrten das Land aus. Als diese Truppen darauf, nach der Aufhebung der Konvention von Kloster-Zeven, der alliirten Armee wei-
chen mußten, wurden auch von dieser dem Hochstif-
te Osnabrück Lieferungen und Kontributionen aller
Art aufgelegt *). Hier ward Möser auf Veranlas-

*) Wie stark das Hochstift, sowohl durch die französische,
als durch die alliirte Armee mitgenommen worden, zeigt
eine mit aktenmäßiger Genauigkeit, und zugleich mit vie-

fung der Stände zu den dahin gehörigen mehrentheils ſo beſchwerlichen als delikaten Geſchäften gebraucht. Er mußte deshalb oft der alliirten Armee
nachreiſen, und hielt ſich zuweilen Monate lang im
Winterquartiere auf. Die allgemeine Stimme ſagt:
daß durch die Art ſeines Betragens gewiß dem Lande
einige hunderttauſend Thaler und ſehr viel Unan-
nehmlichkeiten geſpart worden. Denn ſeine Ein-
ſicht, ſeine Uneigennützigkeit, ſeine Art die wahre
Lage der Sachen ins Licht zu ſetzen, ſeine ſimpeln
Plane, Alles ſo viel möglich zu wechſelſeitiger Zufriedenheit bald zu endigen, und das Offene und Gerade in ſeinen Handlungen, machten ihn allenthalben
ſehr beliebt und erwarben ihm das Zutrauen des
Herzogs Ferdinand *) und der vornehmſten Generale.

C 3

ler Laune geſchriebene kleine, jetzt ſehr rare Schrift: Let-
tre d'un Membre des Etats de l'Eveché d'Osnabruc, du
10 Nov. 1759. 4. Doch ward von England nachher ein
Anſehnliches wiederbezahlt; die freundſchaftlich einmar-
ſchirten Franzoſen aber vergütigten nichts.

*) Damals, im Jahre 1760, ward das erſte Beyſpiel ſeines
Talents zur launigen Schreibart gedruckt: das Schreiben
Joſeph Patridgen, Generalentrepreneurs der Winter-
quartierluſtbarkeiten bey der hohen Alliirten Armee.
(Gedruckt in dieſen vermiſchten Schriften, I. Th. S. 61 f.)
Möſer kam zwei Tage vor dem Geburtstage des Herzogs
im Hauptquartiere zu Marburg an, ſchrieb in wenig Stun-
den dieß ſeine Kompliment an den großen Feldherrn, und
ſchickte es noch am Tage ſeiner Ankunft in die Druckerey.
Es ward ſehr wohl aufgenommen, und that ihm und dem
Lande, bey dem verwickelten Geſchäfte das er auf ſich
hatte, gewiß keinen Schaden.

Mit welcher Menge von Menschen, in höchst verschiedenen Lagen, ein Mann der in Geschäften dieser Art thätig ist, zu verkehren hat, und welchen reichen Zuwachs von Kenntniß menschlicher Charaktere und menschlicher Gesinnungen aller Art der erhält, welcher mit Mösers feinem und schnellem Beobachtungsgeiste versehen ist, braucht nicht erst weitläuftig auseinander gesetzt zu werden.

Aber es war ihm noch eine vorzüglichere Gelegenheit vorbehalten, Welt und Menschen in noch weiterm Umfange kennen zu lernen, und zugleich seinem Vaterlande die wichtigsten Dienste zu leisten. Er ward im Jahr 1763 gegen das Ende des siebenjährigen Krieges von den Ständen, mit Einwilligung der damals regierenden Hannöverschen Kommissarien, nach London geschickt, um mit dem engländischen Kommissariate wegen der Lieferungen des Landes an die von England besoldete alliirte Armee zu liquidiren, und deren Bezahlung zu betreiben. Die Zeitumstände veranlaßten hier, daß seine Anwesenheit in London seinem Vaterlande indirekt noch nützlicher werden konnte.

Als der Bischof und Kurfürst Klemens August 1761 gestorben war (man s. oben S. 29.), und nun, dem westphälischen Frieden gemäß, ein protestantischer Prinz aus dem Hause Braunschweig-Lüneburg der Nachfolger werden mußte: verzog sich die Bestimmung desselben doch noch zwey Jahre lang, weil der Hof zu London unschlüssig war, welcher

Prinz zu wählen sey. Man hielt endlich für vor-
theilhafter, anstatt des Bruders des Königs, der
schon bey Jahren war, des Königs zweyten neuge-
bornen Prinzen zum Bischofe zu machen, ob sich gleich
dabey verschiedene Schwierigkeiten hervorthaten *).
Gerade in diesen kritischen Zeitpunkt traf Mösers
Aufenthalt in England. Da er schon vorher dem
Ministerium zu Hannover so vortheilhaft bekannt
war, so ward es ihm leicht, das Vertrauen des damaligen hannöverschen Ministers in London, Herrn
von Behr zu erwerben, der ihn über manche die Regierung von Osnabrück betreffende Gegenstände zu
Rathe zog. Die Geschäfte nöthigten ihn, acht Monate dort zu bleiben, und sein Beobachtungsgeist
war nie müßig in London, in der kleinen Welt, wo
für einen hellen Kopf so viel zu beobachten ist.

Der große Chatham war damals zwar nicht mehr
im Ministerium, aber sein Vaterland empfand noch
die wohlthätigen Folgen der weisen Verwaltung des
Mannes, desgleichen keiner wieder gekommen ist.
Großbritannien fand sich nach dem Frieden auf

C 4

*) Z. B. der Hof zu London verlangte vom Domkapitel
zu Osnabrück, daß es, wenn der Prinz minorenn stürbe,
abermals einen Prinzen aus dem Hause Braunschweig-
Lüneburg wählen solle, wozu es sich durchaus nicht ver-
stehen wollte. Das Domkapitel wurde überhaupt unter
der Hand vom kaiserlichen Hofe unterstützt; welches sich
zeigte, sobald die alliirte Armee zurückgetrieben ward,
und die französische Armee sich wieder dem Stifte nä-
herte.

einem sehr hohen Punkte der Nationalgröße so wie
des Nationalwohlstandes; und obgleich Bestechung,
Leichtsinn, Ueppigkeit, Verschwendung und Sitten-
verderbniß schon damals nur allzusehr begannen an
dessen vortreflicher Konstitution unbemerkt zu nagen,
so genoß Großbritannien doch die Früchte derselben
noch reiner und in viel größerm Maaße als jetzt.
Die Einwohner fühlten ihr Glück, und waren damals weit mehr als jetzt, so wie sie ihr Landsmann
Goldsmith schildert:

Stern o'er each bosom reason holds her state,
With daring aims irregularly great,
Pride in their port, defiance in their eye,
I see the lords of humankind pass by.
Intent on high designs, a thoughtfull band,
By forms unfashion'd, fresh from nature's hand;
Fierce in their native hardiness of soul,
True to imagin'd right, above controul,
While ev'n the peasant boasts these rights to scan,
And learns to venerate himself as man!

Eine solche Nation in ihrer genialischen Kraft,
ja selbst

Im Uebermuthe ihres Muthes,

erscheint in unendlich mannichfaltigen Gestalten. Alles strebt mit einander und gegen einander, alles
öffnet sich lebendiger Beobachtung. Landesverfas-
sung, Politik, Industrie, Handlung, Litteratur,
Schauspiele, Nationalbelustigungen, und vor allem

menſchliche Charaktere von der intereſſanteſten und
verſchiedenſten Art, beſchäftigten Möſers Aufmerk-
ſamkeit. Auch das Geringſte entging ihm nicht *).
Dieſer Zuwachs von Kenntniſſen hatte auf ihn als
Geſchäftsmann und als Schriftſteller einen wichtigen Einfluß. Die Menge der Gegenſtände, worauf
er nachher in ſeinen Schriften ſeine Augen richtete,
deutet hierauf, und ſeine unnachahmliche Laune ward
hier hauptſächlich wo nicht erweckt, doch noch mehr
entwickelt.

Die Ernennung des jungen Prinzen Friedrich
zum Biſchofe brachte verſchiedene publiciſtiſche Fragen in Bewegung. Das Domkapitel meinte der
Vormund des minderjährigen Regenten ſeyn zu müſſen, weil er ein Biſchof war; und verlangte daher
bis zu deſſen Volljährigkeit, das heißt, zwanzig Jahre lang, das Land aus eigener Macht und unabhän-
gig zu regieren. Der Vater glaubte der natürliche
Vormund zu ſeyn, weil der neuerwählte Landesherr
ein Fürſt war, und ſetzte ſich ohne weiteres in Beſitz
der Oberaufſicht und Anordnung der Regierung.
Beide Theile hatten Gründe für ſich, welche ſie auch
in gar gelehrten Deduktionen ausführten. Die

C 51

---

*) In ſeinen Phantaſieen (I. Th. S. 21.) beſchreibt er ein
  Speiſehaus für Bettler im Kirchſpiele St. Gilles in London, wohin ihn der berühmte komiſche Schauſpieler
  Shutter führte, der zum Behufe ſeiner Kunſt, an ſolchen Orten die Natur im high life below ſtairs aufzuſuchen pflegte.

Gründe des Königs von England trug Möser mit vieler Gründlichkeit und Gelehrsamkeit, und mit großem Scharfsinne vor *), sogar aus dem kanonischen Rechte, wodurch das katholische Domkapitel hauptsächlich zu siegen gedacht hatte; und außerdem war auf Seiten des Königs noch die Macht. Beide Theile schlossen endlich einen Vertrag, wobey der mindermächtige so viel erhielt, als der mächtigere ihm füglich lassen konnte. Ferner war ein großer Streit: ob das Domkapitel oder der König den Gesandten beym Reichstage zu Regensburg senden; und ob während der zwanzig Jahre, die Stimme des minderjährigen Bischofs (der doch gewiß ein Protestant war) auf dem Reichstage für eine protestantische oder vielmehr für eine katholische müsse gerechnet werden? welches letztere, nach der sonderbaren Behauptung des Domkapitels, nothwendig seyn sollte. Man fand bald den kurzen Ausweg, daß den Rechten beider Theile unbeschadet, während der zwanzig Jahre die Osnabrückfche Stimme am Reichstage ganz ruhen sollte, wo so manche nicht ruhende Stimme wenig entscheidet. Die Regierung des landes

---

*) Die Deduktion ist betitelt: Rechtliche Behauptung der Gründe, worauf die von Sr. K. M. v. Großbritannien in Ansehung der Osnabrückschen Bischofswahl und der Regierungseinrichtung im Stifte — genommenen Maaßregeln gebauet sind. 1767. Fol. In den jetzt gesammelten vermischten Schriften Mösers, hat von dieser Deduktion nichts eingerückt werden können, weil die Ausführung eines vergessenen publicistischen Streits allzuwenigen Lesern interessant seyn würde.

aber war weſentlich, konnte nicht ruhen; dieſe dem
Könige von England zu laſſen, der ſie ſchon über-
nommen hatte, mußte das Domkapitel zugeben:
und Möſer, der eines Theils dieſer Angelegenheiten
wegen ſchon in London war zu Rathe gezogen worden, bekam vom Könige insgeheim den ehrenvollen
Auftrag, daß nichts zur Ausführung beſchloſſen werden ſollte ehe er ſein Gutachten darüber gegeben hätte, die Sachen möchten nun vor den Hannöverſchen
Miniſter in London, oder vor die Regierung, oder
vor die Landſchaft gehören *).

Das heißt: Möſer war während der Minder-
jährigkeit des Biſchofs, alſo an zwanzig Jahre lang,
nicht dem Titel und Range nach, aber in der That,
der erſte Rathgeber des Regenten, und hatte unmit-
telbaren Einfluß in die wichtigſten Regierungsange-
legenheiten. Es läßt ſich für einen angeſehenen Geſchäftsmann nicht leicht eine delikatere Lage denken:
denn er diente zugleich dem Landesherrn, den der König von England vertrat, und den Ständen; und

---

*) S. Möſers Briefwechſel mit mir, den Brief No. 2. vom
26 Jun. 1765. Er ſagt daſelbſt ausdrücklich: „Er ſey
„vom Könige dem kleinen Biſchofe zugeordnet, und
„ſchlechterdings inſtruirt in allen Sachen ſein Gutach-
„ten vorher abzugeben." Dieſe eigenhändige Nachricht
Möſers iſt um deſto merkwürdiger, da Perſonen welchen
ſonſt die Geſchichte der letzten Regierungsveränderung
wohl bekannt iſt, nicht wußten, daß Möſer ſchon von
Anfang an einen ſo entſchiedenen Einfluß in alle Re-
gierungsangelegenheiten gehabt habe.

sollte das so oft entgegengesetzte Interesse zugleich
beider Parteyen besorgen *). Der Einsichtsvolleste
hätte hier scheitern können; und es würde kein Beweis eines wesentlichen Fehlers seyn, wenn ein Geschäftsmann in solcher schwierigen Lage, auch bey
der unbescholtensten Aufführung, irgend einer der ent-
gegengesetzten Parteyen hätte mißfallen müssen.
Aber es ist ein Beweis der seltensten Geschäftsgaben,
verbunden mit unerschütterlicher Rechtschaffenheit,
Uneigennützigkeit, Klugheit und Billigkeit: daß, bey
so manchen vorkommenden äusserst verwickelten Fällen, jedermann mit Mösern zufrieden war, auch nachdem der Fürstbischof wirklich zur Regierung kam:
eine Epoche wo sich gewöhnlich manche Gesinnungen
zu entdecken pflegen, die unter einer vormundschaft-
lichen Regierung verborgen blieben. Und als damals in vielen Stücken Manches sich änderte, blieb
Mösern dennoch fortdauernd das Vertrauen des
Bischofs und der Stände.

Im Jahre 1762 war ihm mit Beybehaltung
seiner andern Aemter, von dem während der Sedisvakanz regierenden Domkapitel, die mit einem gu-

*) Dieß dauerte viele Jahre lang. In seinem Briefe an
mich No. 43, schreibt er bey Gelegenheit seines Amtsju-
biläum (s. unten S. 46 die Note): „Ich kann mit Wahr-
„heit sagen, daß mich in den funfzig Jahren vieles er-
„freuet, wenig betrübt und nichts gekränkt hat, unge-
„achtet ich in sehr besondern Verhältnissen stehe, indem
„ich Herren und Ständen zugleich diene, für diese die
„Beschwerden und für Jene die darauf zu ertheilenden
„Resolutionen angebe, et sic vice versa.“

ten Gehalte verknüpfte Stelle eines Juſtitiarius beym Kriminalgerichte*) in Osnabrück verliehen worden. Im Jahre 1768 legte er dieſes Amt wieder nieder, als er die wichtige Stelle eines geheimen Referendars bey der Regierung erhielt, in welcher er zum großen Nutzen des landes bis an ſein Ende verblieb.

Im Jahre 1769 bekam er eine Zulage zu der Penſion, welche er ſchon vorher, für die vielen dem lande während des Krieges geleiſteten Dienſte, aus der landeskaſſe genoſſen hatte. Es verdient hier wörtlich eingerückt zu werden, was Möſer mit der ihm eigenthümlichen laune über dieſe unverlangt erhaltene Zulage auf einen Brief des Hannöverſchen Miniſters eigenhändig geſchrieben hat. Es charakteriſirte Beider edle Geſinnungen. Möſer ſagt:

„So wie mir die neue Zulage ohne mein Wiſſen, „und ich möchte ſagen wider mein Verlangen „zugelegt war, indem ich auf mehrmaliges Sondiren „der Regierungsräthe erklärt hatte, wie ich in allem „genug hätte, und doch nicht mehr als einen Pudding „auf den Tiſch bringen laſſen wollte, wenn ich auch „zehnmal ſo viel einzunehmen hätte; eben ſo hatten „ſie noch an einen neuen Rang und neuen Titel**) für

---

*) Vermöge dieſer Stelle hatte er die vorfallenden Inquiſitionen zu führen, und das dahin gehörige zu beſorgen.

**) Möſer hatte bis dahin keinen Titel von der Regierung erhalten; der Titel eines Juſtizraths den er von 1762 bis 1783 führte, ward ihm vom Publikum nur zufällig gegeben, weil nämlich ſein Vorfahr in der Stelle eines Juſtitiarius beym Kriminalgerichte denſelben gehabt hatte;

„mich gedacht, wie mir der Regierungsrath v. d.
„Bussche eröffnete: ich schrieb deswegen bey Gelegen=
„heit der Danksagung für die Zulage an den Minister,
„daß er mich ja mit Titeln und Hörnern verschonen
„möchte, indem ich das Recht durch einen Zaun zu
„kriechen nie daran geben wollte. Hierauf antwortete
„der Herr von Behr:

London, den 18ten Julii 1769.

„Die gute Gesinnungsart von Ew. Wohlgeboren
„bestätigt Deroselben geehrtes vom 8ten dieses Mo=
„nats; ich bin allemal davon überzeugt, und das
„Wenige was der König, Namens des Herrn Bi=
„schofs, Denenselben gnädigst zugewandt haben,
„bitte ich nicht als eine Ermunterung zu Dero fer=
„nern Bemühungen für das gemeine Beste, son=
„dern als ein Zeichen des guten Willens anzusehen,
„den man stets für Dieselben heget. — Was den
„Titel anbetrift, so denke ich wie Ew. W., daß es
„eine sehr gleichgültige Sache für einen verdienten
„Mann ist. Denenselben wird die Wahl darunter
„allemal frey stehen. Ich mache mir aber eine
„Ehre daraus, daß Ew. W. ich hierunter besser ge=
„kannt habe, als der Herr R. R. v. d. B. Wenn
„es einst so weit in einem Lande kommt, daß die
„Ehrenstellen darnach gerechnet werden, wie man
„sich am meisten um das gemeine Beste verdient
„macht, so halte ich es für glücklich." — —

Im Jahre 1783, bey dem wirklichen Regie=
rungsantritte des Fürstenbischofs, nahm Möser auf

Aber das Domkapitel, welches Mösern die Justitiarstelle
ertheilte, kann sede vacante zwar erledigte Aemter verge=
ben, aber nicht Titel beylegen. N.

wiederholtes Verlangen der Regierung den Titel als
Geheimer-Juſtizrath an.

Wie große Dienſte er dem Hochſtifte Osnabrück
geleiſtet hat, läßt ſich hier vor den Augen des ganzen Deutſchlands nicht deutlich ſchildern. Möſer mag mich ſelbſt entſchuldigen, ungeachtet der
beſcheidene Mann, als er eine allgemeine Wahrheit
vortrug, gewiß nicht an ſich ſelbſt dachte. Er ſagt*):

„Deutſchland macht kein recht vereinigtes Ganze
„aus, wie andere Reiche. Es hat keine Hauptſtadt
„wie Frankreich und England, und folglich ſtehen
„diejenigen Perſonen, welche dem Staate und gemei-
„nen Weſen dienen, oder auch ſonſt in ſtiller Größe
„leben, nicht auf der Höhe und in dem Lichte, wor-
„in ſie ſich in jenen Reichen befinden. Wir können uns
„alſo nie ſchmeicheln, ſolche Biographieen zu erhal-
„ten, wie unſere Nachbarn haben. Wir können
„höchſtens Helden und Gelehrten (und dergleichen
„Muſter brauchen wir ſogar viel nicht); aber nie den
„Mann, der dem Staate im Kabinette und auf dem
„Rathhauſe dienet, zu einem Türgot oder Beckford
„machen. Der Miniſter eines Biſchofs oder Reichs-
„grafen mag ſeinem kleinen Staate noch ſo große
„Dienſte leiſten und zehntauſend Unterthanen glücklich
„machen; ſein Ruhm wird mit ihm bald in die Gru-
„be ſinken, wenn er auf einen ſolchen Biographen
„warten ſoll, wie die Engländer und Franzoſen
„haben.“

Meine Leſer werden es mir alſo um ſo leichter
vergeben, daß ich von Möſers Verdienſten als Ge-

---

*) S. Phantaſieen I. Th. S. 361.

schäftsmann hier weiter nichts genauer auseinander
setze, selbst verschiedene wichtige Gegenstände betreffend, wovon ich unterrichtet seyn könnte. Dieß
bliebe allenfalls einem Biographen überlassen, der
ihn bloß für Osnabrücksche Leser schildern wollte.
Aber es ist leicht einzusehen, daß Mösers Verdienste in seinem Geschäftsleben außerordentlich groß gewesen seyn müssen, wenn man sich die oben beschrie-
bene komplicirte Verfassung des Stifts Osnabrück
deutlich vorstellt, nach welcher bey jedem dortigen
Geschäftsmanne, der nahe am Ruder der Regierung
steht, manche schwer zu befriedigende Forderungen
zusammen kommen müssen; und wenn man dabey
bedenkt, daß Möser in einer so langen Reihe von
Jahren und unter so mannichfaltigen Veränderun-
gen, dennoch ununterbrochen den Beyfall aller Parteyen, zugleich des hannöverschen Ministers, des Bischofs, und der Landstände*), ja des ganzen Publi-
kums Vertrauen bis an sein Ende hatte, und daß
besonders auch das Domkapitel, dem er zuweilen
entgegen arbeiten mußte, ihm nie die seiner Rechtschaffenheit gebührende Hochachtung versagte.

Und dieses seltene Vertrauen erhielt Möser nicht
etwa durch jene schleichende Politik, welche bey
Män-

---

*) Ein Beweis einer ausgezeichneten Hochachtung ist das
   Fest auf Mösers funfzigjährige Amtsfeyer, welches die
   Osnabrücksche Ritterschaft den 17ten Jänner 1792 (zwey
   Jahre vor seinem Tode), veranstaltete, welches Hr. D.
   Kleuker in der Berlinischen Monatsschrift (März 1792
   S. 300) rührend beschrieben hat.

Männern, die ſich in wichtigen Staatsbedienungen
lange erhalten, nur allzuoft zu finden ſeyn ſoll. Er
wußte nicht etwa bey jeder Parten ſich ſchlau hinzu-
zudrängen, kleine Abſichten zu errathen, um durch
deren Beförderung größere Abſichten für ſich ſelbſt zu
erreichen, ungebührliche Gefälligkeiten zu erzeigen
um gleiche zu erwarten, den guten Namen eines andern zu untergraben um deſſen Einfluß zu mindern,
zwey Partenen zu erwecken um eine durch die andere
zu lähmen, auf geheimen Wegen das zu ſuchen was
auf öffentlichen ohne Scham nicht zu erlangen wäre,
ſeine wahren Abſichten und Handlungsarten unter
fremden Schein zu verſtecken, um die welche ſie hindern konnten irre zu führen, den der ſeinen Abſichten
nicht entſprach insgeheim zu ſtürzen damit er nicht
ſchaden könne, und wo dies nicht Statt fände, allenfalls ſich zu rächen um furchtbar zu bleiben; und
was der Künſte mehr ſind welche in vielen Ländern
die Staatspraxis von jeher an die Hand gegeben hat.
Möſer kannte ſie alle; dafür bürgt ſeine große Welt-
und Menſchenkenntniß. Aber ſein Charakter war
viel zu edel, als daß er ſie ſelbſt jemals hätte brauchen wollen. Zwar beſaß er vollkommen die feine
Weltklugheit, welche lehret Menſchen und ihre Abſichten richtig zu beurtheilen, und ſchnell die Mittel zu
finden wie man auf ſie und durch ſie wirken kann.
Er wußte, wann er ſchonen, wann er nachgeben,
wann er einen Theil aufopfern mußte, um das Ganze zu erhalten. Er wußte, wann er zu ſchweigen

und wann er zu reden hatte, und wie mit jedem zu
reden war, um ihn zu dem geneigt zu machen was
ausgeführt werden sollte.   Vorzüglich viel wirkte
auch das Vertrauen, welches jeder in ihn setzte; und
die Hauptstütze dieses Vertrauens waren die allgemeine Meinung von seiner so oft erprobten Klugheit,
die einstimmige Ueberzeugung von seiner großen Einsicht und Erfahrung in allen Landesgeschäften, wodurch er fähig war Alles leicht einzusehen und auszuführen, sein allgemein erkannter Biedersinn, seine
allgemein erkannte offene und redliche Art zu handeln.
Wer etwas Schlechtes suchte, durfte nicht hoffen ihn
seinen Zwecken geneigt zu machen; wer aber etwas
Gutes, etwas Billiges, etwas dem Vaterlande Er-
sprießliches auszuführen meinte, dem zeigte er sich
immer bereit so viel möglich beyzustehen.   Doch
war es ihm nicht genug daß gute Absichten auszuführen wären; er ließ die besten Vorschläge ruhen, bis
er die Mittel ausgefunden hatte welche deren Ausführung möglich machten: wohl wissend daß ohne Ausführung die schönsten Vorschläge wenig werth sind.
Zugleich war er weit von dem Eigensinne der theoretischen Staatsmänner entfernt, welche, wenn sie
unzulängliche Mittel ausgedacht haben, diese blind-
lings anwenden, ohne Rücksicht ob je dadurch der
Zweck könne erreicht werden *).

*) Mercier sagt sehr treffend von dem durch sein Wohl-
wollen so schätzbaren und durch seine Unfähigkeit zur
Ausführung der Geschäfte als Staatsminister so unbe-

Es giebt nicht wenig Geſchäftsleute die mit den Geſchäften beynahe zu Werke gehen wie die Engländer bey Bezahlung ihrer Ausgaben: die kleinen welche ihnen eben unter die Hand kommen, werden mit baarem Gelde, alle größere aber durch Papier und Anweiſungen auf Andere abgemacht. Möſer arbeitete in allen wichtigen Geſchäften ſelbſt; und wenn er Andern minder wichtige übertrug, ſo hatte er auch dieſe reiflich durchdacht, und gab entweder im Voraus Anleitung wie ſie auszuführen waren *), oder beurtheilte das was jene gearbeitet hatten, nach eigener

D 2

deutenden Turgot: „Trop entêté de ſes idées, avec des „lumières et des vertus, il n'avait aucune connaiſſance „des hommes. Demi-économiſte, pétri de bonnes in„tentions, voulant le bien et le cherchant, ſon en„têtement le mit de niveau avec l'ignorance, parce qu'il „lui ôta la connaiſſance détaillée et la vraie conduite de „l'homme d'état proprement dit." (Tableau de Paris T. VIII. Chap. DCXLVI) Man könnte etwas ähnliches von Necker ſagen, bey welchem Selbſtvertrauen und guter Willen ohne Kraft vielleicht ungefähr ſo wirkten, wie bey Turgot Theorie und Eigenſinn. Auch kann man beynahe auf Necker anwenden, was Mercier gleich darauf von Turgot ſagt: „Il débuta par des réformes abſolument „inutiles, au lieu de profiter de l'inſtant de faveur et d'en„thouſiasme qu'il avait inſpiré, et dont il jouiſſait, pour „frapper avec force et fermeté un coup régénérateur."

*) Möſer legte in den Phantaſieen (IIr Theil Seite 222.) einem reiſenden Franzoſen folgendes in den Mund das ſehr vermuthlich von ihm ſelbſt gelten ſoll: „Was wür„de es für eine beſchwerliche Arbeit ſeyn, alle Sachen „ſelbſt einzuſehen, und ſo wie euer Hr. M . . . thut,

Einsicht, ohne sich jemals bloß auf Andere zu verlaß
sen. Hiezu half ihm sein durchdringender Geist, von
jeher gewohnt jeden vorkommenden Gegenstand ganz
durchzudenken und nichts anzugreifen was er nicht
übersah.

Mösers gründliche Gelehrsamkeit unterstützte
seinen natürlichen Scharfsinn, und hinderte oder ver-
wirrte nie den klaren Blick des gesunden Verstandes,
welches sonst bey gelehrten Geschäftsleuten eben nicht
selten ist. Addison, einer der ersten engländischen
Schriftsteller, welcher durch Gunst und durch die
große Meynung die man von seinen allgemein an-
erkannten Talenten hatte, die hohe Würde eines
Staatssekretars erhielt, mußte sie niederlegen, weil
er bald selbst seine Unfähigkeit fühlte *). Er konnte
im Parlamente nicht reden, ohne daß seine Begriffe
sich verwirrten, ja er blieb einmal gleich beym Anfange der Rede stecken; er war zurückhaltend, taci-
turn und ängstlich, wenn er im Geheimenrathe und
sonst über Geschäfte sprechen sollte; er konnte oft
selbst mit gemeinen Expeditionen nicht fertig werden,
weil er in der Wahl der Ausdrücke künstelte, und
immer schön schreiben wollte. Das war bey Mösern

„bey jedem Ja und Nein, was er auf die eingekomme-
„nen Vorstellungen setzt, mit einem Buchstaben noch be-
„sonders zu bemerken, ob das Nein solle piano, andan-
„te, andantino, grave, forte, piacevole, grazioso, oder
„staccato und allabreve ertheilt werden?"

*) S. Johnson's Life of Addison in Johnsons Works
(London 1787. gr. 8.) Vol. III, S. 67. ff.

gar nicht der Fall, dem alles leicht ward was er un-
ternahm, der jederzeit natürlich und zweckmäßig re-
dete und ſchrieb, und weil er überhaupt niemals Gelehrſamkeit zeigen wollte, ſich auch nie einfallen ließ,
nach Gelehrſamkeit oder zierlicher Schreibart da zu
haſchen, wo ſie nicht hingehören.

Ein Engländer welcher über Gelehrte und ge-
lehrtes Weſen ein zwar nicht ſchlechtes, aber doch
auch nicht klaſſiſches Buch geſchrieben hat, behauptet*): „Gelehrte könnten Staatsmänner, aber
„Staatsmänner nicht leicht Gelehrte werden."
Dieß mag wahr und falſch ſeyn, nachdem man es
nimmt; wie mehrere allgemeine Sätze. Staatsmänner werden freylich nicht leicht eigentliche Gelehrte werden können oder wollen, weil Gelehrſamkeit,
ſo wie wir ſie nun einmal jetzt durch Bücherleſen erlangen und durch Bücherſchreiben anwenden, von
Jugend auf ein anſtrengendes Studiren erfordert;
daher ſchwerlich jemand im reifern Alter ein ſolches
Studium erſt wird anzufangen luſt haben, wenn er
nicht etwa gelehrt war, ehe er zu den Geſchäften kam,
wie z. B. Thuanus, Grotius, und Boling-
broke. Daß aber zum Geſchäftsmanne andere Talente gehören als zur Gelehrſamkeit, davon iſt ſchon
Addiſon ein ſehr auffallendes Beyſpiel, ein Mann
der noch dazu nicht ein bloßer Stubengelehrter war,

D 3

*) S. Eſſay on the manners and Genius of the literary
character, by J. d'Iſraeli. (London 1795. 8.) S. 182.

sondern in der großen Welt lebte. Noch weniger wird also der Gelehrte, welcher bloß in seiner Studierstube mit Büchern umzugehen gewohnt ist, und am allerwenigsten derjenige, bey dem selbst das was er praktische Vernunft nennt, wenig mehr als theoretisches Formenspiel genannt zu werden verdient, der Gelehrte, der an einer todten politischen Theorie klebt, womit er doch meint den Staat regieren oder gar umformen zu können, auch nur in den untern Geschäftsstellen je ein mäßig brauchbarer, geschweige ein vorzüglicher Mann werden; er müßte denn die unter den Weisen a priori so seltene Klugheit besitzen, seine spekulative Weisheit auf der Studirstube zu lassen, wenn er in die wirkliche Welt tritt. Denn in jedem Staate, ja in den kleinsten oft am meisten, kommt alles bloß auf Wirkung und Gegenwirkung an, wobey die todte formale Spekulation so gut wie gar nichts hilft, weil bey dieser alles auf einförmigen einseitigen Gang eigener Ideen, nichts auf Gegenwirkung berechnet ist, welche doch in der Welt nirgend fehlt und fehlen kann*). Daher wird, um in

---

*) Ich kann nicht umhin, hierbey auf Herrn Büsch's Erfahrungen zu verweisen, besonders im 1sten Bande auf die überaus schöne Abhandlung über die Einförmigkeit und auf die eben so treflichen Gespräche über den gesunden Menschenverstand worin diese und andere von der Menge unserer Stubengelehrten oft verkannte Wahrheit mit vielem Scharfsinne auseinandergesetzt sind. Besonders S. 134. S 169 ff. S. 209. S. 214. S. 217 S. 258. 271 Dieses höchst schätzbare Buch wird bey weitem nicht so allgemein gelesen, als es verdiente. Es

allen Geſchäften, beſonders aber in Staatsgeſchäften brauchbar zu ſeyn, hauptſächlich erfordert, eine lebendige Kenntniß der Menſchen, ihrer Charaktere, ihrer Geſinnungen, beſonders des großen Hebels aller menſchlichen Geſchäfte, der Leidenſchaften und Neigungen der Menſchen, und der Art auf dieſe Neigungen zu wirken. Dieſe Kenntniß erwarb ſich Möſer ſchon ſehr früh, und benußte mit hellem Sinne ſeine zufällige Lage, um ſie leicht erwerben zu können, wie oben iſt angeführt worden. Dieß machte ihn vorzüglich geſchickt zu allen Weltgeſchäften überhaupt und zu Staatsgeſchäften insbeſondere.

Ob aber Möſer gleich in einer langen Reihe von Jahren in Staatsgeſchäften, bey Kriegesheeren und überhaupt in dem großen vermiſchten Zirkel des Weltlebens zubrachte; ſo ward dadurch doch nie ſein Herz verhärtet oder unempfindlich gemacht*).

D 46 7 9 10 11 2.

ſollte in jedes jungen Mannes, der zur Gelehrſamkeit oder zur Geſchäften erzogen wird, beſonders aber auch in den Händen der Prinzen, und ihrer Lehrer ſeyn.

*) Tout homme qui vit beaucoup dans le monde, me perſuade, qu'il eſt peu ſenſible; car je ne vois presque rien qui puiſſe y intéreſſer le coeur, ou plutôt rien qui ne l'endurciſſe; ne fut-ce que le ſpectacle de l'inſenſibilité, de la frivolité & de la vanité qui y régnent. S. Oeuvres de Chamfort T. IV. p. 85. So war das Weltleben im ehemaligen Frankreich; in Deutſchland iſts hoffentlich nicht völlig ſo arg. Doch giebt auch bey uns das Weltleben, ob es gleich nicht zu vermeiden iſt, und nicht vermieden werden muß, dem denkenden und wohl-

Wie verlor er im geräuschvollen Weltleben weder den
innigen Sinn für Moralität und Tugend, die
Frucht reifen Nachdenkens im einsamen Stubirzim-
mer; noch den Sinn für häusliche Glückseligkeit,
für Menschlichkeit, für Theilnahme am Wohle Anderer, für Mitleiden und für alle seine Empfindungen und gesellige Tugenden, die vorzüglich seinem
eigenen häuslichen und freundschaftlichen Zirkel eigen
waren.

Der Vorsatz solche für die Menschheit und die
bürgerliche Gesellschaft wohlthätige Gesinnungen unter seinen Mitbürgern zu befördern, gab Gelegenheit
zu den Aufsätzen welche ihn in der zweiten Hälfte seines Lebens am meisten beschäftigten. Sie wurden
nachher unter dem Titel: Patriotische Phantasieen in vier Bänden zusammengedruckt, und er ward
dadurch hauptsächlich in ganz Deutschland als einer
der vorzüglichsten Schriftsteller bekannt.

Im Oktober des Jahres 1766 fingen nämlich
die Osnabrückschen Intelligenzblätter *) unter
Mösers Aufsicht an, und blieben unter seiner Aufsicht
bis in die Mitte des Jahres 1782. Er hatte im Sinne, in diesen Blättern den Einwohnern des Landes von
den Landtagsverhandlungen, von den Gesetzen, und

wollenden Manne Gelegenheit genug sich in seine Hütte
zu wünschen wo er sich selbst leben kann.

*) An den Osnabrückschen Unterhaltungen, welche der
jüngere D. Lodtmann zu Osnabrück herausgab, hat
Möser nie Antheil gehabt, ob dieß gleich im Gelehrten
Deutschlande vermuthet wird.

der Verfaſſung des Landes Nachricht zu geben, wozu
er die Materialien aus ſeinem eigenen Geſchäftskreiſe
nahm; aber eine andere Abſicht welche er weniger
öffentlich ankündigte, war: verkannten Wahrheiten
unter einer angenehmen Hülle unvermerkt Eingang
zu verſchaffen, und „nützliche Wahrheiten die ihm
„von ſeiner Erfahrung aus dem täglichen Leben in
„die Hand gegeben wurden, auf eine dringende Art
„einzuprägen *),‟ menſchlichere Geſinnungen mehr
zu verbreiten, häusliche Frugalität zu befördern,
ſelbſt für ſeinere Empfindungen und beſſern Ge-
ſchmack mehr Raum zu gewinnen, dadurch die Einwohner, worunter mehrere ſelbſt vornehmen Standes noch ziemlich roh waren, einer beſſern Kultur
näher zu bringen und eine gewiſſe Vereinigung der
kultivirten Menſchen unter ſich zu bewirken. Hiezu
wendete er ſeinen Geſchäftskreis, ſeine Gelehrſamkeit, ſeinen Witz, ſeine Welterfahrung, und ſeine
ernſthafte und Erholungs-lektur an. Er war gleich
einer arbeitſamen Biene, welche, ihrem kleinen
wohlgeordneten Staate dienend, Zelle an Zelle gebauet hat, und ſodann ausfliegt in anmuthige, von
der Sonne beſchienene Gefilde, Honig aus den ſchön-
ſten Blüthen zu ſaugen, aber mit dem Honige Stoff
zu neuen Zellen einbringt und alſo ſelbſt durch ihre an-
genehme Wanderung das allgemeine Wohl befördert.

D 5

*) Möſer ſagt dieß wörtlich in ſeinem im Briefwechſel
abgedruckten Briefe an mich Nr. 12.

Daher sind viele von diesen höchstschätzbaren durch den Abdruck der Phantasieen in ganz Deutschland bekannt gewordenen Aufsätzen eigentlich nur lokal für Osnabrück. Es geht dabey für uns Leser außer diesem Lande freylich etwas verloren. Sollten wir aber diese edlen Trauben gar nicht kosten wollen, weil sie einen gout de terroir haben? Jeder bewundert gewiß immer in Mösers patriotischen Phantasieen seine weitläuftige Gelehrsamkeit, welche er auf eine bisher kaum irgendwo bemerkte Art zum allgemeinen Besten anzuwenden wußte, seinen Reichthum von Einkleidungen, um oft gesagten Wahrheiten den Reiz der Neuheit zu geben, die unerschöpfliche Laune womit er ernsthafte Gegenstände aufheiterte, und die über das Ganze ausgebreiteten milden Gesinnungen des Wohlwollens, der Gutherzigkeit und der Menschlichkeit.

Freylich war es hiebey etwas unbequem, daß mehrere Gegenstände, welche sich auf die innere Verfassung von Osnabrück beziehen, ungeachtet der gelegentlichen Erklärungen, zuweilen von auswärtigen Lesern nicht genug gefaßt wurden, und daß er wegen der Art wie er sich über manche Gegenstände wegen der lokalen Lage in Osnabrück ausdrücken mußte, auch hin und wieder mißverstanden ward. Dahin gehört besonders, was er in den Phantasieen an mehrern Orten über Leibeigenschaft sagt. Es ist alles mit richtiger historischen Entwickelung und mit seltenem Scharfsinne ausgeführt; aber es

fiel ſehr auf, daß Möſer die Leibeigenſchaft zu vertheidigen ſchien.   Um zu ſehen, daß er hierüber und
über andere Gegenſtände nicht anders ſchreiben konnte wie er ſchrieb, verdient ſeine Vorrede zum dritten
Bande der Phantaſieen nachgeleſen zu werden.   Er
ſagt darin unter andern: ─

> „Mir war mit der Ehre, die Wahrheit frey ge-
„ſagt zu haben, wenig gedient, wenn ich nicht damit
„gewonnen hatte, und da mir die Liebe und das
„Vertrauen meiner Mitbürger eben ſo wichtig waren,
„als das Recht und die Wahrheit; ſo habe ich um
„jenes nicht zu verlieren und dieſer nichts zu vergeben,
„manche Wendung nehmen müſſen, die mir, wenn
„ich für ein großes Publikum geſchrieben hätte,
„vielleicht zu klein geſchienen haben würde. — Der
„wahre Kenner wird ſich durch dieſe Blendungen
„nicht irre machen laſſen. — Das Sonderbarſte aber
„iſt, daß man mich daheim als den größten Feind des
„Leibeigenthums, und auswärts als den eifrigſten
„Vertheidiger deſſelben angeſehen hat.‟

Wie er hier verſtanden ſeyn wolle, erklärte er
noch deutlicher in einem Briefe an mich vom 24ſten
Jänner 1778 *), da er in einem freundſchaftlichen
Briefe offenherziger ſprechen konnte, als öffentlich.
Folgendes ſind ſeine Worte:

> „Ich wünſchte nicht gern in dem Verdacht zu
„ſeyn, daß ich das Pro und Contra über viele Gegen-
„ſtände hie und da mit bloßem Muthwillen behauptet
„hätte. Sehr wichtige Lokalgründe haben mich
„dazu genöthigt, und ich würde gewiß dem Leibei-

---

*) S. in dem gedruckten Briefwechſel, No. 13(.)/213/

„genthume einen offenbaren Krieg angekündigt
„haben, wenn nicht das hiesige Ministerium und die
„ganze Landschaft aus lauter Gutsherren bestände,
„deren Liebe und Vertrauen ich nicht verscher-
„zen kann, ohne allen guten Anstalten zu scha-
„den."

Es möchte freylich wohl wehe thun, daß ein
edler Möser über das Leibeigenthum nicht in eben
dem hohen menschenfreundlichen Tone schreiben konnte, mit welchem Voltaire die Leibeigenen auf dem
Jura vertheidigte, und mit welchem Wilberforce
noch jährlich im Engländischen Parlamente für die
Freylassung der Neger spricht. Daß aber der edle
Möser nicht aus Heuchelen und Mantelträgerey so
schrieb, wie er schrieb, werden billige Leser einsehen,
welche bedenken daß wir nirgend in Deutschland
wahre, das heißt, uneingeschränkte Freyheit haben,
über Gegenstände welche auf Mißbräuche von Lan-
desverfassungen deuten, ohne weitere Umstände so
zu schreiben wie ein Voltaire schrieb und ein Wilberforce spricht. Es scheint zuweilen als wäre diese
Freyheit in Deutschland da, und die Gelehrten welche gern auf die Wirkung ihrer Schriften einen
großen Werth setzen mögen, bereden es sich
selbst; aber wirklich ist dem nicht so. Auch Möser
mußte sich begnügen wenig Gutes zu stiften, wenn
er nicht vieles stiften konnte. Wollte er die oben
bemerkten allgemeinen Zwecke seiner Blätter erreichen,
wollte er das Vertrauen und die Liebe des aus Gutsherren bestehenden Ministerium und der Landschaft

behalten; ſo konnte er manche Wahrheiten nicht gerade heraus ſagen, ſo mußte er ſich hüten zu beleis
digen; und es wird leicht für Beleidigung geachtet,
wenn man Vorurtheile geradezu angreift, die mit
dem Nußen der Mächtigen verknüpft ſind.

Um Möſers Auffäße über das Leibeigenthum nicht
unrichtig zu beurtheilen, muß man auch immer vor
Augen haben, daß er lokal von dem im Hochſtifte
Osnabrück noch beſtehenden Leibeigenthume ſpricht,
welches allerdings von andrer Beſchaffenheit und an
ſich viel milder iſt, als in manchen andern Ländern,
und dadurch daß die Rechte des Gutsherrn und des
Leibeigenen beſtimmt ſind, und daß der Leibeigene gegen ſeinen Herrn Recht erlangen kann, weit erträg-
licher wird; wobey auch nicht vergeſſen werden muß,
daß mit dem freilich immer an ſich harten Zuſtande
der Leibeigenſchaft zufällige Vortheile verknüpft ſeyn
können *). Möſer gehörte nicht zu den theoretiſchen
Politikern, welche ſich mit Träumen über ein leicht
zu entwerfendes, nie aber auszuführendes Ideal einer
vollkommenen Staatsverfaſſung herumtreiben; ſondern er lebte in der wirklichen Welt, und ſuchte darin zu wirken. Er wußte ſehr wohl, daß ein Uebel,
welches in eine gegebene Verfaſſung tief eingreift,
nicht allemal ganz gehoben, ſondern oft nur gemil-
dert werden kann; und zur Milderung deſſen was die
Leibeigenſchaft Hartes hat, war Möſer in ſeinem Ge-

---

*) Man ſehe z. B. Möſers Phantaſieen, IV. Theil. S. 323.

schäftsleben, sonderlich durch Beförderung einer un-
parteyischen Rechtspflege, äußerst thätig.

Mösers verschiedene Aufsätze über das leibeigenthum in den Phantasieen haben überdieß mannichfaltigen Nutzen. Er hat zuerst den Ursprung
des leibeigenthums historisch auseinander gesetzt, und
zugleich die Spuren und Folgen desselben in einer
noch bestehenden Verfassung gezeigt, welches die Begriffe davon berichtigt und für die alte deutsche Geschichte, für die Verfassung und die Rechte mehrerer
deutschen länder, für die menschenfreundliche Philosophie selbst, welche gern den leibeigenen helfen wollte, gleich wichtig ist. Z. B. sein Aufsatz: Ueber
den Unterschied der Hörigkeit und Knecht-
schaft *), desgleichen die Gedanken vom Ursprun-
ge und Nutzen der sogenannten Hyen, Echten
oder Hoden **), sind Meisterstücke, wodurch eine
Menge allgemeiner Vorurtheile und Irrthümer in
dieser Materie vertilgt und ganz neue Aussichten ge-
öffnet werden. Seine übrigen Aufsätze über den Ursprung (oder, wie er es zuweilen nennt, über die
Naturgeschichte) des leibeigenthums ***), wenn
gleich manches mehr scharfsinnig als ganz genau historisch richtig seyn sollte, indem der Eigennutz, der
Druck und die Herrschsucht mächtiger Grundbesitzer

---

*) S. Phantasieen, III. Theil. S. 187.

**) S. den III Theil. S. 347.

***) Z. B. Phantasieen, III. Th. S. 261, IV. Th. S. 311.

aber Aermere und Schwächere noch weit mehr in
Anſchlag hätte kommen können *) , zeigen doch die
unſtreitige Wahrheit, daß ehemals oft das Leibeigenthum zum Beſten der Leibeigenen eingeführt und
mehrentheils von ihnen ſelbſt gewählt worden, daß
daher leibeigen zu ſeyn ehemals ein Vortheil ſeyn
konnte, und es noch bis jetzt in gewiſſen Verfaſſun-
gen unter gewiſſen Umſtänden ſeyn kann. Nur ſoll-
ten menſchenfreundliche und billige Landesherren und
Gutsbeſitzer bedenken, daß die Umſtände worunter
das Leibeigenthum vortheilhaft war, faſt allenthalben ſich völlig geändert haben. Es iſt mit der Leibeigenſchaft beynahe eben ſo als mit dem Leibzolle
der Juden. Die Juden ſelbſt bewirkten ehemals
im Mittelalter, daß ſie auf allen Heerſtraßen einen
Leibzoll gaben, um bey ihren Handlungsreiſen ſicher
für ihr Leben und ihre Güter zu ſeyn. Aber jetzt
bey ganz veränderten Umſtänden iſt der Leibzoll der
Juden nichts als eine ſchimpfliche Erniedrigung, und
eine unwürdige Gleichſetzung eines Menſchen mit
einem Stücke Vieh oder einem Stücke Waare. So
wie dieſer Zoll, ſollte auch das Leibeigenthum aufgehoben werden. Daß dieſes nicht geſchehen ſollte,
wird dadurch nicht bewieſen, daß faſt in allen Ländern, wo Leibeigenthum ſeit undenklichen Zeiten herr-
ſchet, der Bauer nicht von demſelben entbunden ſeyn
und für ſich ſelbſt ſorgen mag. Dieß zeigt nur ent-

*) Man ſehe unter andern Schmids Geſchichte der Deut-
ſchen, I. Band, S. 433. 434.

weder ſtupide Unthätigkeit und Sorgloſigkeit, oder
auch ſo viel obgleich groben, doch geſunden Verſtand,
um einzuſehn, daß bey einer bloß nominalen Freyheit
ohne Mittel ſie zu gebrauchen, ein ſchlechter Zuſtand
noch ſchlechter werden kann. Und wenn im Hochſtifte
Osnabrück, ſo wie in manchen andern Ländern, Fälle
vorkommen, daß Bauern ſich ſelbſt ins Leibeigenthum
ſogar einkaufen; ſo deutet dieſes nur auf höchſtfeh-
lerhafte Einrichtung in Abſicht auf die nöthige und
ehrwürdige Klaſſe der ackerbauenden Menſchen: daß
nehmlich dieſe ihr dem Staate ſo unentbehrliches Ge-
ſchäft nicht treiben kann oder darf, bis ſie ihrer körperlichen Freyheit entſagt; ſo wie ehemals bey einer
fehlerhaften Verfaſſung, welche die Landſtraßen un-
ſicher machte, die Juden das Recht ihren Leib zu
verzollen, auch wohl erkaufen mochten, weil ſie ſonſt
ihren Leib und ihre Güter gar verloren. Es iſt
aber in der Natur der Sache, daß Leibeigenſchaft die
mehrere Hervorbringung der natürlichen Produkte
und die mehrere Bevölkerung hindert. Da nun beſ-
ſere Einſichten in die Regierungskunſt und in die
Staatswirthſchaft die Wichtigkeit beider Gegenſtände zeigen; ſo wird eine zweckmäßige, nicht tumultuari-
ſche Aufhebung immer wünſchenswürdig bleiben, und
die Art ihrer Entſtehung nebſt der Art ihrer jetzigen
verſchiedenen Beſchaffenheit muß an jedem Orte zu
einer vernünftigen Aufhebung den Weg bahnen, wobey beiden Theilen ſo wenig als möglich zu nahe ge-
ſchieht. Möſer ſah dieß ein, und that in verſchiedenen

benen Aufſätzen ziemlich angebeutet, und in verſchiedenen andern unverhohlen angezeigt, daß das Leibeigenthum könne und müſſe aufgehoben werden, und
hat auch geradezu Vorſchläge zur Art der Freyläſ-
ſung in Osnabrück gethan*). Ich weiß nicht ob ein
Osnabrückſcher Gutsherr es verſucht hat, einen von
dieſen Möſerſchen Vorſchlägen**) auszuführen.
Rühmlich würde es ihm ſeyn: denn von obenherab
muß ſolche Verbeſſerung kommen, der Bauer kann
und ſoll nicht den Anfang machen; daß dabey zweckmäßig zu Werke gegangen werden müßte, verſteht
ſich von ſelbſt, und das von Möſern entworfene
Formular zeigt, wie reiflich er alle dazu nöthige Umſtände erwogen hatte.

Dieſem Menſchenfreunde war zwar, es iſt
nicht zu leugnen, durch die beſondere Osnabrückſche
Verfaſſung, welche er beſtändig nicht nur im gemeinen Leben ſondern auch im Geſchäftskreiſe vor Augen
hatte, der Begriff der Leibeigenſchaft gewöhnlicher
geworden; und, nachdem ſein Scharfſinn aus der
Geſchichte die Entſtehung entwickelt hatte, lebte er
in Gedanken mehr in der alten Zeit, wo Hörigkeit
und Leibeigenthum noch wohl überwiegende

---

*) Z. B. im III. Theile S. 230 und im IV. Theile S.
321, 334.

**) Wie mir zuverläſſig verſichert worden, hat die Landes-
regierung in Osnabrück die Aufhebung der Leibeigenſchaft in einzelnen Fällen gern, und hält ſie alſo doch für
nützlich, und wenn der Gutsherr mit ſeinen Bauern
einig iſt, hat kein Dritter etwas dabey zu erinnern.

Vortheile waren, und der Besitz des Grundes allein die Nation formirte. Er konnte daher von
Heloten und Leibeigenen, welche nothwendig in
die Brüche fallen müßten, wenn sie keine Aktie
in der Gesellschaft die das Land unter sich theilte, hätten erlangen können, mit mehr Gleichgültigkeit reden,
als in der jetzigen Lage der Dinge eigentlich schicklich
seyn möchte, wo das was eine Nation bildet, noch
auf andern Gegenständen beruhet, als auf der ur-
sprünglichen Theilung des Bodens, und wo man
nicht mehr als ein Wehr in den Krieg ziehet. Freylich, die Unvollkommenheit aller menschlichen Dinge
veranlasset, daß in jedem Staate mehrere Menschen
in die Brüche fallen: denjenigen aber, denen
dieß wiederfährt, ist es nicht gleichgültig, daß sie so
fallen und wie sie fallen, und dem Menschenfreunde
kann es auch nicht gleichgültig seyn. Wenn gleich
also vielleicht ein etwas einseitiger Gesichtspunkt zuweilen Mösers Scharfsinn zu stark in Bewegung
setzte; so schlug doch sein Herz warm für die Menschheit. Er wußte sehr wohl und fühlte auch recht innig
das Elend das den Leibeigenen, wenn auch vielleicht in
Osnabrück nicht so sehr, doch gewiß an vielen andern
Orten *) mannichfaltig drückt. Er wußte wohl, es

---

*) Man lese z. B. nur ein mit Verstande und warmer Men-
schenliebe geschriebenes Buch das traurige Wahrheiten
hierüber enthält: Die Letten vorzüglich in Liefland
am Ende des philosophischen Jahrhunderts von G.
Merkel (Leipzig 1797. 8.)

Sehn viele da gebückt und welken
  In Elend und in Müh,
Und andre zerren dran und melken
  Wie an dem lieben Vieh.

Und iſt doch nicht zu defendiren
  Und gar ein böſer Brauch,
Die Bauern gehn ja nicht auf Vieren,
  Es ſind ja Menſchen auch.

Aber freylich wußte Möſer auch, daß mit der blo
ßen Wärme eines Menſchenfreundes wenig ausgerichtet wird; und daß die Großen und Mächtigen,
welche ſich im Beſitze alter Rechte befinden, die durch
die gänzliche Veränderung der Umſtände dem allgemeinen Wohle ſchädlich und für ihre Nebenmenſchen
äußerſt drückend geworden ſind, erſt müſſen wo nicht
großmüthig, doch billig handeln wollen, wenn Hülfe
geſchaft werden ſoll; er deutete alſo gern alle Mittel
an, welche dazu führen können, ohne eine nicht zu
ändernde Verfaſſung umzuſtoßen.   Mehrere Auf
ſätze in den Phantaſieen *) zeigen genugſam, wie gern
Möſer der edle Menſchenfreund alle Unbilligkeiten
und Bedrückungen rügte, worunter zuweilen auch

*) Z. B. „Alſo ſind die unbeſtimmten Leibeigenthumsge
  „fälle zu beſtimmen‟ im II. Theile S. 330. „Gedan
  „ken über den Stilleſtand der Leibeigenen‟ im III. Theile
  S. 375. „Alſo ſollte jeder Gutsherr ſeine Leibeigenen
  „vor Gerichte vertreten, und den Zwangdienſt mildern,‟
  im IV. Theile S. 149. „Ueber die Osnabrückſchen
  „Zehnten,‟ im IV. Theile S. 351 u. a. m.

in Osnabrück, so wie anderwärts, der Landmann noch seufzen mag, und daß er sie wenigstens zu lindern suchte, da noch keine Hoffnung zu seyn scheint sie ganz abgestellt zu sehen.

Ferner hat Möser viel dazu beygetragen, den Schulunterricht, soweit er auf die Religion das Schreiben und Rechnen geht, im Stifte Osnabrück zu verbessern. Er veranlaßte es auch, daß das Kloster Bersenbrück aufgehoben und die Hälfte von dessen Einkünften zur Besoldung der Schulmeister auf dem Lande bestimmt wurde. Es gehörte indeß zu seinen Eigenheiten in Absicht auf den Landmann, daß er bey den neuern Bemühungen die Landleute durch Unterricht aufzuklären, nicht ganz in das allgemeine Lob einstimmte. Theils mochte er hier auch wohl den Osnabrückschen Schulunterricht zunächst vor Augen haben, und der Meynung seyn, daß jener von diesem nicht viel zu erwarten hätte. Theils überhaupt hielt er nicht viel von theoretischem Unterrichte, der durch Lehren und Anhören erlangt wird und nicht zur Erfahrung und zum Selbsthandeln führt, sondern wollte — besonders bey Landleuten, welche handeln, nicht lesen sollen — Alles praktisch betrieben, und die Jugend früh auf die wirkliche Welt aufmerksam gemacht, und dahin geführt wissen. Nun ists freylich wohl wahr, wenn der Bauer allenthalben durch das Beyspiel seines Gutsherrn, Amtmannes und Predigers praktisch zu Fleiß, Frugalität und zu allen moralischen Neigungen erzogen

würde, wäre es unendlich beßer. Es könnte auch
wohl seyn, daß in Deutschland einige scharfsinnige
und menschenfreundliche Männer nicht nothwendig
auf die neue Wissenschaft, jetzt Pädagogik genannt,
hätten denken dürfen, wenn wir in Verfassungen lebten wie in England, wo die Jugend durch die Nation und durch die Verfassung selbst erzogen wird.
Möser konnte sich bey der Idee, Landleute durch
Schulunterricht zu verbessern, von der Idee des gewöhnlichen Schulunterrichts voll unnützer Lehren
und vergeblicher Zergliederungen *) nicht ganz losma-
chen. Er hatte die Rekansche Landschule und die
Potsdamsche Garnisonschule nicht gesehen. Doch
nahm er mit größtem Beyfalle die Idee auf, die
Dorfschulen so einzurichten, daß in denselben hauptsächlich der gesunde Verstand der Bauerkinder
entwickelt würde; ob sein Scharfsinn gleichfalls auch
sich Zweifel machte, wie es den Kindern gehen möchte, wenn sie hernach im gemeinen Leben so viel dem
gesunden Verstande zuwider laufendes finden wür-
den. Hierüber mag freylich dem Menschenfreunde
überhaupt wohl ein Seufzer entfahren, wobey aber
doch die Ueberzeugung fest seyn kann, daß nicht bey
Bauerkindern allein, sondern auch bey Kindern aller

E 3

*) Man sehe im zweiten Abschnitte des Briefwechsels sein
Schreiben an Hrn. Rath Becker in Gotha. Es ist auch
abgedruckt in Schlichtegrolls Nekrolog, IV. Bandes
2s St.

Stände in den Schulen hauptsächlich der gesunde
Verstand entwickelt werden sollte.

Ich habe mich über diese Gegenstände etwas
umständlich herausgelassen, weil es mir scheint, es
sey Möser hierüber am meisten mißverstanden worden. Was ich darüber gesagt habe, kann auch dienen, manche Stellen in Mösers Schriften zu erklären, die man für Paradoxie hielt, und die eher
Jronie waren, worunter seine durch die lokale Lage
nöthig gemachte Behutsamkeit gute Absichten ver-
steckte *).

Zwar sprach sich der gutmüthige Mann in vertrauter Unterhaltung selbst nicht von aller Neigung
zur Paradoxie frey. Nihil enim humani a se alie-
num putabat. Doch hatte bey ihm vieles das wie
Paradoxie aussah, noch einen besondern Zweck, der
ebenfalls aus seiner Lage zu erklären ist.

Man erlaube mir hier etwas von meiner eigenen gelehrten Bildung zu sagen; weil Mösers Art
manche Gegenstände in seinen Phantasieen darzustel-

---

*) In dem obengedachten Briefe an mich Nr. 19. sagt Mö-
ser darüber: „Eine sehr kitzliche Sache war es immer für
„mich, wenn ich entweder den Präsidenten meines Kolle-
„giums, oder den Herrn Landmarschall, deren Stellen der
„Lokalleser kannte, öffentlich zur Schau stellte, und über
„Sachen, worüber ich in den Kollegien vortrug, meine
„Meinung ins Publikum schrieb. Hiezu gehört eine ganz
„eigene Behutsamkeit. — Zur Stelle wußte man meine
„wahre Meinung recht gut, und diejenigen die ich zum
„Besten hatte, lachten mit mir, ohne böse zu werden,
„weil sie wußten, daß ich es gut meinte.“

len, dadurch kann erläutert werden. Zwiſchen mir
und meinen verewigten Freunden Leſſing und Mo⸗
ſes Mendelsſohn war von der erſten Zeit unſerer
Freundſchaft das ſtillſchweigende und hernach das
ausdrückliche Uebereinkommen, daß wir jeder in ſei⸗
nen Principien dogmatiſch, in der Unterſuchung aber
ſkeptiſch ſeyn wollten. Ueber Dinge, von welchen
wir wußten, daß wir in Principien nicht einig wa⸗
ren, diſputirten wir nicht leicht; es wäre denn, daß
wir in der Folge unſers beſtändigen Gedankenwech⸗
ſels übereingekommen wären, einer des andern
Grundſätze ausdrücklich zu prüfen. Sonſt war es
uns gewöhnlich, über Gegenſtände womit wir ent⸗
weder noch nicht ganz ins Reine zu ſeyn glaubten,
oder die wir zur nähern Prüfung von mehrern Sei⸗
ten betrachten wollten, Gründe und Zweifel für und
wider alle Meinungen unparteyiſch aufzuſuchen, und
oft lebhaft einer gegen den andern auseinander zu ſe⸗
tzen; bloß der Unterſuchung wegen, ohne Rückſicht
auf eines jeden ſonſtige Ueberzeugung. Da ich hier⸗
über ſo wie über manches meine verewigten Freunde
betreffend, mich mit Möſern oft unterhielt; ſo hatte
es ſeinen vollkommenſten Beyfall, als das beſte Mit⸗
tel, die Beurtheilungskraft zu ſchärfen, und ſich par⸗
teyloſer zu machen, indem alle Seiten eines Gegen⸗
ſtandes betrachtet und die Gründe abgewogen wür⸗
den, die Wahrheit genauer zu erforſchen, indem ſie
in mannichfaltigen Geſichtspunkten geſucht würde,
Widerſpruch ertragen zu lernen, und ſich in eines an⸗

dern Stelle zu setzen, fähig, tolerant gegen Anderer
Meinungen und eben dadurch weniger einseitig und
absprechend zu werden. Er gestand daß er in seinen Schriften öfter für eine Meinung Gründe ge-
sucht habe, die nicht eigentlich die seinige war *).
„Ich mußte dieß," sagte er, „schriftlich thun, weil
„ich keinen Lessing und Moses zum mündlichen Ge-
„dankenwechsel hatte." Und wie oft haben wir in
Pyrmonts schattigen Gängen auf gleiche Weise über
wichtige Wahrheiten wechselseitige Zweifel aufge-
worfen und durch wechselseitige Gründe zu lösen ge-
sucht, oder sie auch ungelöset gelassen: zufrieden mit
dem Gewinne für Geist und Herz, der durch die un-
partenische Untersuchung der Wahrheit erlangt wird!

Mösers zweytes noch wichtigeres Werk ist seine
Osnabrückische Geschichte; ein Buch welches
für die Geschichte des ganzen Deutschlands eine neue
Epoche macht, aber als ein solches vielleicht noch
nicht bekannt genug ist. Er ließ es im Jahr 1765 zuerst bogenweise drucken, hernach ward es sehr verän-
dert und verbessert, und mit einem zweyten Theile
vermehrt im Jahre 1780 neu gedruckt.

Ich habe schon bemerkt **), daß Mösers Ge-
schäftskreis ihn bey Untersuchung vieler rechtlichen
Fragen natürlich auf diplomatische Forschungen brachte. Die diplomatischen Sammlungen seines Freundes Lodtmann gaben ihm dazu noch nähere Ver-

*) Man sehe oben S. 32.
**) S. oben S. 21. 32.

anlaſſung, wie er ſelbſt in der Vorrede erzählt. Aber
es ward ſein weitumfaſſender Geiſt erfordert, um in
der Geſchichte eines kleinen Landes, bey dem er, zur
richtigen Darſtellung der neuern Zeiten, bis in die älteſten Zeiten zurückgehen mußte, den Keim zu den
wichtigſten Aufſchlüſſen in der allgemeinen deutſchen
Geſchichte zu finden. Er überzeugte ſich nämlich,
daß man jede alte Geſchichte auf die Beſchaffenheit
und Verfaſſung der gemeinen alten Einwohner gründen müſſe; worunter die gemeinen Landeigenthümer
die wahren Beſtandtheile der Nation wenigſtens ſo
lange waren, als noch nicht durch den mehr verbrei-
teten Gebrauch des Geldes, der Boden aufhörte ausſchließend Werth zu haben. Bis auf Möſern hatte
die alte deutſche Geſchichte nur in der Geſchichte der
Könige und ihrer Kriege beſtanden, und die älteſten
Nachrichten des Cäſar, des Tacitus u. ſ. w. waren
ſehr mißverſtanden worden, weil man die natürliche
Beſchaffenheit des Landes und die eigentliche Verfaſſung ſeiner Einwohner aus der Acht ließ, und Zeiten
und Einrichtungen auf eine unverantwortliche Art
verwechſelte.

Die Wohnung und Verfaſſung des gemeinen
Landeigenthümers im Hochſtifte Osnabrück und in
einem großen Striche von Weſtphalen, iſt zum Theile noch ganz eben ſo wie im Mittelalter, zum Theile
trägt ſie die deutlichſten Spuren deſſen was ſie damals war; ja man wird veranlaßt zu muthmaßen,
ſie gebe ein ziemlich genaues Bild von der Verfaſ

E 5

fung der Saffischen gemeinen Landeigenthümer zu
Cäfars Zeiten. Die Bauern in Osnabrück wohnen
noch in abgesonderten durch Wall und Graben be-
friedigten Höfen; und von vielen der ältesten deutschen Rechte und Einrichtungen, welche in andern
Ländern beynahe völlig aus der Uebung gekommen
und veraltet sind, findet man hier noch ganz frische
Spuren. Daher konnte auch Möser, wie er ebenfalls in der Vorrede seiner Geschichte erwähnt, den
Anfang dieses Werk zu schreiben, welches eine un-
ermeßliche Belesenheit voraussetzt, auf seinen Reisen
im siebenjährigen Kriege machen und die Beweise
aus den ersten Quellen erst nachher zusammenlesen,
welches sonst ein unerklärliches Wunder wäre. Es
war aber vorher von ihm, durch seine praktischen Geschäfte und Studien, der Hauptfaden der Geschichte
schon sehr genau gefaßt, und je mehr er nun las,
desto deutlicher mußte alles werden, weil er die
Hauptanlage richtig gemacht hatte. Indeß, nach
seiner unumschränkten Wahrheitsliebe, änderte und
besserte er unermüdet, so wie er in den historischen
Quellen fand, daß er irgend worin möchte geirrt haben, wovon besonders die zweyte Ausgabe sehr viele
Beweise liefert.

In der allerältesten deutschen Geschichte, welche bis zu den Zeiten Cäfars hinaufgeht, giebt Mö-
fers Werk die wahrscheinlichsten Aufschlüsse, da es
zuerst auf die wichtige Bemerkung führt, wie wesentlich sich die Völker welche ihrer Verfassung nach

Gaſſen waren, (auch noch ehe dieſer Namen ſelbſt
auffam) die Völker nämlich, wo jeder gemeine Landeigenthümer auf ſeinem Hofe ſaß und ſeinen Acker
baute, von den Sueven, die keine abgeſonderte
Landeigenthümer waren, unterſchieden geweſen, und
warum dieſe natürliche Feinde von jenen ſeyn mußten. Da aber die Verfaſſung der Saſſen Möſern
ſo deutlich vor Augen ſchwebte, hingegen die ehe-
malige ſuevische Verfaſſung *) ihm weniger deutlich

*) Möſer meint §. 6, 7. ſeiner Einleitung: Die ſuevische
Einrichtung ſetze ſchon eine Revolution voraus, und ſey
in der größten Noth vorgenommen worden. Er behauptet nämlich (§. 8. S. 11): die Verfaſſung der Saſſen, „wo
„jeder Hof gleichſam ein unabhängiger Hof war“ ſey die
erſte Anlage der Natur. Mir ſcheint dieſe ſaſſiſche Verfaſſung keineswegs die erſte oder älteſte zu ſeyn; ſondern
ich halte die ſuevische für viel älter, und obgleich für viel
kriegeriſcher, doch für viel unvollkommener. Die ſaſſiſche
ſetzt ſchon einen Landfrieden und Ackerbau voraus. So
weit waren die ohne Landeigenthum in Stämmen lebenden Sueven noch nicht, da in jedem Stamme der Ackerbau höchſt unbeträchtlich, und Krieg und Jagd, höchſtens
Viehzucht nebſt Müßiggang alles war. Tacitus ſagt:
(Germ. cap. XV.) Quoties bella non ineunt, multum vena-
tibus, plus per otium tranſigunt, dediti ſomno ciboque,
fortiſſimus quisque ac bellicoſiſſimus nihil agens, dele-
gata domus et penatium et agrorum cura feminis ſenibus-
que et infirmiſſimo cuique ex familia, ipſi hebent; mira di-
verſitate naturae, cum iidem homines ſic ament inertiam
et oderint quietem. Das waren gewiß keine für ihren Hof
beſorgte Saſſen! Seneka (de ira, lib. I. cap. 11.) ſagt
von den Germaniern ſeiner Zeit, nämlich von denen zwiſchen dem Rheine und der Donau, welche den Römern
bekannt waren: Armis innaſcuntur innutriunturque, quo-
rum arma cara eſt, illa negligentibus. Ich habe im XI.
Bande meiner Reiſebeſchreibung in der Beylage XII, 1.

war; so beurtheilte er die letztere vielleicht noch nicht ganz richtig, so trefliche Fingerzeige er auch gab, und hat einem künftigen deutschen Geschichtschreiber noch Raum gelassen, die von ihm eröfnete Bahn weiter zu verfolgen: zumal da sich gewiß in alten oberdeutschen Rechten einige Spuren der ältesten suevischen Verfassung finden werden, obgleich freylich gewiß nicht so deutlich als im nördlichen Deutschlande von der sassischen Verfassung, eben weil die suevische älter ist und nothwendig eher untergehen mußte, da in Oberdeutschland sich viel früher alles verbürgete *). Schmid hat diesen weitern Schritt nicht gethan. Denn so schätzbar auch sein Werk in Absicht auf die

die Verfassung der Sueven, — welche in Stämmen lebten so wie die Clans in Schottland, und ungefähr in dem Grade der Kultur seyn mochten wie die kriegerischen Wilden in Amerika, — im Gegensatze der Sassen, wie es mir scheint, deutlich auseinander gesetzt. Der Keim zu allem diesen liegt schon in Mösers osnabrückscher Geschichte, und ich habe ihn nur weiter entwickelt. Es ist sonderbar, daß er selbst nicht einen Schritt weiter ging. Ich habe nicht Gelegenheit gehabt, oder eigentlich nicht daran gedacht, mündlich mit ihm darüber zu reden, weil die Ideen, welche ich schon lange hatte und die ich jetzt nur bey Gelegenheit bekannt machte, mir in seiner Gesellschaft nicht beyfielen.

*) Ueber diese lichtvolle Idee Mösers sehe man im Briefwechsel, im Briefe an mich No. 5. vom 5. April 1767 seine vortrefliche Ideen über die Art, wie man die älteste Geschichte schreiben sollte. Sie ist ganz genau sowohl auf die älteste deutsche, als auf die älteste römische Geschichte anzuwenden. Man sehe auch was er in dem Briefe No. 21. vom 14 Dec. 1778 über den angehenden amerikanischen Staat sagt.

älteſte deutſche Geſchichte iſt, und ob man gleich deutlich ſieht, daß er Möſers osnabrückſche Geſchichte
zur Hand hatte; ſo begriff er doch gar nicht den we-
ſentlichen in der Geſchichte ſo ſehr fruchtbaren Unter-
ſchied zwiſchen Sueven (oder in gewiſſem Verſtande
Germanen *)) und Saſſen, worauf Möſer deutet **), ohne ihn genau anzugeben. Daß Schmid
Möſers Idee nicht ganz begriff, kam wohl theils daher, daß er ſich die ſaſſiſche Verfaſſung, wovon jetzt
in Oberdeutſchland kaum eine Spur übrig iſt, nicht
deutlich genug vorſtellte, theils auch daher, weil Möſer in ſeiner Geſchichte in der That manches als bekannt vorausſetzt, was den Leſern außer Weſtphalen, wenn auch nicht ganz unbekannt iſt, doch wenigſtens nicht ſo deutlich vor Augen ſtehet.

Möſers Werk iſt voll von ſeinen gleichſam nur
beyläufig hingeworfenen Bemerkungen, welche ganz
neue Aufſchlüſſe in der alten Geſchichte geben ***)

---

*) Man ſehe von der Heermannie: Osnabr. Geſchichte, I. Th.
S. 35 und 44.

**) Z. B. Osnabrückſche Geſchichte, I. Band. S. 136. 138.
Man ſehe auch in den Phantaſieen (I. Th. S. 251.) den
Auſſatz: warum die alten Saſſen ſich der Bevölkerung
widerſetzt haben. Wenn man darüber weiter nachdenkt,
ſo wird man finden, daß die alten Sueven gar keine Urſa-
che hatten, die Bevölkerung nicht zu begünſtigen, daß alſo ſelbſt ihre zunehmende Anzahl ſie zu Auswanderung und
Krieg geneigter machen und ihnen im Kriege durch die Anzahl ſolcher Leute, die zu Hauſe nichts zu verlieren hatten, ein großes Uebergewicht geben mußte.

***) Dahin rechne ich, beſonders in Abſicht auf die älteſte
Geſchichte, zwey Bemerkungen: 1) Im 1ſten Theile,

demjenigen, welcher barauf zu achten weiß. Daher
will daſſelbe aber auch nicht ſowohl geleſen, als viel-

S. 49. „Daß als Cäſar in Gallien ankam, die Nation
„ſchon in dem Privatgefolge einiger Fürſten ſteckte.“
Davon finden ſich in den alten Schriftſtellern Spuren, und es iſt hierin wohl der hauptſächlichſte Unter-
ſchied zwiſchen Galliern und Germanen zu finden, welche ſonſt in Abſicht auf Verfaſſung und (wie ich wenigſtens, aus guten Gründen, glaube) auch in der Sprache
ſo viel ähnliches hatten. Es gewinnen alle damalige
Kriege und die ganze Geſchichte der damaligen Zeit ein
ganz anderes Anſehen, wenn man ſich die Gallier als im
Gefolge und die Germanen als in einer Heermannie vor-
ſtellt; wenn man nämlich vorher bey Möſer den Begriff
des Gefolges und einer Heermannie recht deutlich ge-
faſſet hat. Arioviſts Heer, deſſen bloße Avantgarde
(Harudes, Har - ud; ſ meine ebengedachte Beylage zur
Reiſebeſchreibung im 11ten Bande S. 33. und im 12ten
Bande S. 132) 24,000 Mann ſtark über den Rhein ging,
war gewiß kein Privatgefolge. Aber, wie man aus Cä-
ſars Geſchichte ſiehet, die Galliſchen Aedui und Arverni
und Sequani hatten Fehden, wo Gefolge Statt fanden.
a) Im 1ſten Theile S. 335: „daß ein Germanier ſehr
„wohl dreyerley zugleich ſeyn konnte: ein Bojer von ſei-
„ner Nation: ein Markmann, weil er im Gränzbanne
„ſtand; und ein Hermundur, weil er im Gränzbanne
„den Vorpoſten hatte.“ Hier liegen die Grundzüge zu
der in der älteſten Geſchichte ſehr weitgreifenden Wahrheit, daß ein großer Theil der Namen, welche wir in
den alten Schriften als Völkernamen finden, oft ganz
andere, theils einzelne, theils kollektive Bedeutungen haben. Ich habe dieſe Wahrheit, wie es mir ſcheint, dadurch noch einleuchtender gemacht, daß ich in den oben
gedachten Beylagen zu meiner R. B. die Bedeutungen
mehrerer Namen aus den keltiſchen Sprachen zu erklären geſucht habe. Alles, was ich darüber ſeitdem geleſen habe, beſtätigt mich in dieſer Entdeckung. Haben
aber Möſer und ich Recht, ſo bekommt vieles in der älteſten Geſchichte eine ganz andere Geſtalt.

mehr ſtudirt ſeyn. Es wäre daher auch zu wünſchen,
daß der vortrefliche Mann mehrere ſeiner herrlichen
fruchtbaren Ideen etwas näher auseinander geſetzt
und deutlicher gemacht hätte. Noch mehr aber wäre zu wünſchen, daß er die Geſchichte hätte weiter
fortſetzen wollen; denn ſie geht bloß bis auf das Jahr
1192 oder bis auf den Ausgang des Karolingiſchen
Stamms. Daß er in der deutſchen Geſchichte des
Mittelalters etwas auſſerordentliches würde geleiſtet
haben, iſt gewiß, da er die wichtigſten Quellen mit
ſo groſſer Sorgfalt und philoſophiſcher Ueberſicht geleſen hatte, ſie ſo genau beurtheilen konnte, ſich daraus die wahre Beſchaffenheit der deutſchen Verfaſ
ſung im Mittelalter ſo deutlich auseinandergeſetzt
hatte, und den Faden, an den er die Geſchichte knüpfte, ſo feſt hielt. Dieß zeigt auch ſein neuer Plan
der deutſchen Reichsgeſchichte, in den Phanta
ſieen (IV. Theil S. 153.), welcher mit Rückſicht
auf Schmids Geſchichte der Deutſchen entworfen iſt, mit welchem Buche Möſer, ſo ſehr er es
auch von einer gewiſſen Seite, wie billig, ſchätzte,
dennoch im Ganzen gar nicht zufrieden war. Und
in der That, ſo viel auch der würdige Schmid vor
andern ehemaligen deutſchen Geſchichtſchreibern voraus hat, ſo würde er, Möſers treflichen Ausſichten
folgend, noch viel mehr haben leiſten können.

Ich komme nun zu Möſers vermiſchten
Schriften *), welche ich jetzt geſammelt habe und

*) In der Oſtermeſſe 1797 erſcheint nur der erſte Theil der

aufs neue herausgebe. Ich will kurz davon Rechen-
schaft ablegen. Sie sind in vier Abtheilungen ge-
theilt.

I. Die bereits gedruckten Schriften.

Sie waren theils einzeln, theils in periodischen
Schriften erschienen. Die Jugendarbeiten rechne ich nicht dazu, welche ganz wieder zu drucken
nicht dienlich seyn würde, daher in der vierten Abthei-
lung nur Auszugsweise einige Proben davon gegeben
werden. Ich habe nur wegen folgender Schriften
und Aufsätze etwas zu erinnern.

**Der Werth wohlgewogener Neigungen
und Leidenschaften.** Diese Schrift erschien zuerst
im Jahre 1756 und ward 1777 in Bremen wieder
gedruckt. Sie hält gleichsam das Mittel zwischen
den oben (S. 20) schon angeführten Jugendarbeiten und zwischen den reifern Schriften. In der
Schreibart merkt man hin und wieder den jungen
Mann, an einer gewissen Wortfülle, wovon Möser
nachher weit entfernt blieb. Aber sie ist voll schöner
Gedanken, und mit Theilnehmung, mit Würde
und zuweilen mit einem hinreißenden Feuer geschrieben, welches Mösers bester Zeit Ehre machen wür-
be.

vermischten Schriften. Der zweyte und letzte Theil
derselben wird noch vor Ende des Jahres herauskommen,
und zugleich ein allgemeines Register über die Phantasieen, die Osnabrückische Geschichte und die vermischten
Schriften enthalten.

de. Sie handelt den Satz ab: Man dürfe in ſeine Tugend kein Mißtrauen ſetzen, wenn ſie
gleich nur durch natürliche Güte und durch
Neigungen gewirkt werde; ein Satz welcher zu
jetziger Zeit auch wohl zu beherzigen iſt, da eine neue
ſtrenge Philoſophie die Neigungen von der Moral
ganz ausſchließen und die letztere beynahe bloß zur
Logik machen möchte. Dieſe Schrift war übrigens
dem Andenken ſeines vertrauten Freundes, des ſchon
oben *) angeführten Herrn J. F. von dem Buſſche
gewidmet. Möſer ward der Vormund von deſſen
ſechs nachgelaſſenen Kindern. Unter denſelben war
einer der an Möſern lebenslang mit unumſchränktem
Vertrauen hing, und im reifern Alter nur auf deſſen
Vorſtellung die wichtige Stelle als Geheimerrath an-
nahm, worin er dem Hochſtifte Osnabrück ganz vor-
züglice Dienſte leiſtete.

Die launige Vorſtellung Joſeph Patridgen
iſt oben ſchon erwähnt. Auch hievon erſchien im
Jahre 1777 eine neue Auflage.

Harlekin, oder Vertheidigung des Gro-
teskekomiſchen, erſchien zuerſt im Jahre 1761 zu
Hamburg, und ward 1777 zu Bremen wieder gedruckt.
Dieſe kleine Schrift voll Laune und Menſchenkenntniß, zeigte Möſern zuerſt als einen Schriftſteller
von nicht gemeiner Art. Sie ward vermuthlich dadurch veranlaßt, daß damals verſchiedene Schrift-

*) S. Seite 20.

steller die Verbesserung der deutschen Schaubühne
auf gut Gottschedisch darein setzen wollten, daß die
lustige Person verbannt würde *), aber dagegen
Stücke auf die Schaubühne brachten, elender als alle
Harlekinaden. Diese Veranlassung ist jetzt nach
mehr als dreyßig Jahren in dieser Schrift kaum
merklich; denn Möser spielte nur leicht auf die
Dummköpfe seiner Zeit an. Er zeigte mit unnach-
ahmlicher Laune, daß dem Weisen auch Frohsinn
und Lachen nicht unziemlich ist; und auch jetzt noch
wird seine Schutzschrift des Possenspiels treffend und
nicht veraltet seyn, da die heitere Laune **) von der

*) Man sehe die Briefe, die neueste Litteratur betreffend,
XI. Th. S. 306 ff.

*) So wie überhaupt die deutsche Sprache, bisher bloß gebil-
det von einem kleinen, unter dreißig Millionen lebender Menschen schreibenden und lesenden Völkchen von Schriftstellern und Lesern, immer noch in Ausdrücken des geselligen
Lebens und besonders der Konversation am ärmsten ist; so haben wir auch kein Wort das französische gai zu bezeichnen.
Es begreift mehr als Munterkeit und weniger als Lustig-
keit. Eben so wenig haben wir Wörter für die engländischen Begriffe arch oder fun oder wag. Selbst humour
wird durch Laune nur unvollkommen ausgedrückt. Figa-
ro ist gai in seiner ganzen Rolle; auch habe ich wenigstens
diese Rolle noch von keinem deutschen Schauspieler so spielen sehen, wie sie eigentlich gespielt werden sollte. Vielleicht wollen oder können wir Deutschen nicht gai seyn, sobald wir über fünf und zwanzig Jahre alt sind, und vor-
dem fünf und zwanzigsten Jahre können es auch so wenig
Jünglinge. Unsere Jugend von seynsollendem poetischem Genie aufgeschwollen, oder von theoretischer Schulweisheit
ausgedörrt, ist ja oft so exemplarisch gesetzt und solenn, daß sie
im dreyßigsten Jahre vor lauter Weisheit und Genie schon

deutschen Schaubühne gewichen zu seyn scheint, da
die meisten Lustspiele platte Schilderungen ganz gemeinen Lebens und ganz gemeiner Charaktere enthalten, hingegen im Tragischen so sehr oft sich nichts
als nur plumpe und platte Karrikatur findet, und
vielleicht kein einziger Schauspieler vorhanden ist,
der den goffo grazioso spielen wollte — oder
könnte!

Möser entwarf auf seiner Reise nach England im
Jahre 1763 ein Nachspiel mit Harlekin, betitelt:
die Tugend auf der Schaubühne, gleichsam einen
Beleg zu seiner Vertheidigung des Groteskekomi-
schen. Er sendete es mir aus London mit einem
ernsthaften Schauspiele; und dieß war der Anfang
unserer Korrespondenz, welche den ersten Grund zu
der vertrauten Freundschaft legte, deren Andenken
mich noch glücklich macht. Ich gab beide Stücke
dem Schauspieler Döbbelin, der sie aufzuführen
versprach, nach vielen Jahren sie nicht aufführte, und
sie mir, ich mochte anfordern so viel ich wollte, auch
nicht wiedergab. Bloß das Nachspiel ward durch
die Bemühungen eines eifrigen Liebhabers der Litteratur endlich wieder gefunden. Ich glaube, ob es gleich
als theatralisches Stück wenig Verdienste hat, wird
doch den Lesern nicht unangenehm seyn, daß ich es als
den Nachlaß eines Mannes abdrucken lasse, der bey der

F

alt und kindisch wird. Die gaité eines sechszigjährigen
Franzosen, den eine muntere Jugend gern zwischen sich
hat, kennt man in Deutschland fast gar nicht.

gründlichsten Gelehrsamkeit und bey dem unbescholtensten moralischen Charakter das dulce desipere in loco gar nicht unter seiner Würde hielt, und den Vorschlag, den alten Geckorden wieder zu erneuern, nicht etwa bloß im Scherze that. Es würde dieß eine wichtige Verbesserung vieler jetzigen, theils sehr hochweisen, theils sehr hochsteifen, theils sehr hochnaserümpfenden, theils sehr hochspielenden, allemal aber hochlangweiligen Gesellschaften seyn. Ich bitte nachzulesen, was Möser darüber sagt, wie es zugegangen, „daß unsere Vorfahren so gesund, so hung„rig, so aufgelegt zur Freude gewesen *);" doch auch seine feine Kautel, daß die Geckheit zünftig, nicht aber unzünftig seyn müsse, dabey wohl zu beherzigen.

Harlekin gab übrigens Gelegenheit, daß Abbt Mösers Bekanntschaft suchte **), welche bald in zärtliche Freundschaft überging. Abbt kam mit Mösern in die genaueste Verbindung und war in dessen Hause zu jeder Zeit willkommen. Möser schätzte Abbts Talente und Herz, und würde zu dessen Bildung noch viel mehr beygetragen haben, wenn Abbt nicht so früh gestorben wäre; und wahrscheinlich hätte er länger gelebt, wenn er Mösern gefolgt, und nicht an einen Hof gegangen wäre ***).

---

*) In dem Aufsatze: den alten Geckorden sollte man wieder erneuern, in den Phantasieen, II. Band, S. 244 ff.
**) S. Abbts Werke, III. Theil, S. 60.
***) Man sehe Mösers vortrefliches Urtheil über Abbt in seinem Briefe an mich No. 11.; desgleichen auch Abbts Werke, VI. Theil, S. 7.

Das Schreiben an den Herrn Vikar in Savoyen, abzugeben bey dem Herrn Johann Jakob Rousseau, erschien zuerst 1765, und 1777 zum zweytenmale. Es ist eine durch den sel. Abt Jerusalem veranlaßte scharfsinnige und sehr fein gewendete Vertheidigung des Satzes: daß eine bloß natürliche Religion für große Gesellschaften nicht hinreichend seyn würde. Die Anmerkungen, welche Abbt über diese kleine Schrift machte *), verdienen nachgelesen zu werden.

Das Schreiben an Herrn Aaron Mendes da Kosta, Oberrabbinen zu Utrecht, über den leichten Uebergang von der pharisäischen Sekte zur christlichen Religion, erschien zuerst im Jahre 1773, bloß als Manuskript für Freunde, und ward durch eine neue in Bremen 1777 erschienene Auflage öffentlich bekannt. Es enthält eine sehr sinnreich vorgetragene Hypothese, nach welcher ein Jude von der pharisäischen Sekte ganz natürlich zur christlichen Religion geführt werden müßte. Die Veranlassung war eine Aeußerung Moses Mendelsohns in einem Briefe an Abbt, über einige Wahrheiten der christlichen Religion **). Dieses Schreiben von Moses ist nicht vorhanden, und man

F 3

*) S. Briefe die neueste Litteratur betreffend, XXIV. Theil, S. 37. Desgleichen seinen Brief an Möser, in Abbts Schriften, VI. Band, S. 10 und S. 17.

**) Man sehe im Briefwechsel, Brief an mich No. 76

weiß also nicht, was er darin geäußert haben mag.
Da aber im Jahre 1777 Mösers Schreiben an den
Oberrabbinen öffentlich bekannt ward, so konnte es
fast nicht fehlen, daß es mußte mißverstanden werden, da der Leser weder Veranlassung noch Zweck
wußte. Es fand sich daher unter Mösers nachgelassenen Schriften ein Aufsatz welcher, ohne die eigentliche Veranlassung anzugeben, den Sinn dieser kleinen Schrift näher zu bestimmen suchte. Er war
vermuthlich für eine neue Ausgabe bestimmt, und
findet am Ende des jetzigen Abdrucks seinen gehörigen Platz.

Das Sendschreiben an Voltaire über den
Charakter D. M. Luthers, ließ Möser franzö-
sisch drucken. Aus einem Schreiben an mich *)
sieht man, daß seine Absicht zugleich gewesen, Voltairens Manier nachzuahmen. Wenn er auch zu-
gesteht, daß ihm dieses nicht gelungen, so ist doch
der Aufsatz geistvoll, und vertheidigt Luthers Refor-
mation sehr gut wider einige leichtsinnige Einfälle
Voltairens. Einen französischen Abdruck habe ich
aller Mühe ungeachtet nicht auftreiben können; genau weiß ich auch deshalb das Jahr der Originalaus-
gabe nicht anzugeben. Beym Abdrucke in dieser
Sammlung ist das Jahr 1765 genannt; allein wahrscheinlich erschien das Original schon früher: denn
die Uebersetzung, welche ich hier abdrucken lasse, kam
zu Lübeck und zwar, wie der Titel sagt: 1765 zum

*) Im Briefwechsel No 36.

zweytenmale heraus. Uebrigens mag wohl dieſe
Ueberſetzung freylich dem Originale nicht ganz Ge-
rechtigkeit wiederfahren laſſen; einige offenbare Nach-
läſſigkeiten ſind verbeſſert.

Das Schreiben über die deutſche Sprache und Litteratur erſchien im Jahre 1781. Es
ward durch den bekannten Brief K. Friedrichs II. an
ſeinen Miniſter Herzberg über die deutſche Sprache
und litteratur veranlaßt. Dieſe kleine Schrift zeigt,
mit welchen hellen Augen Möſer unſere litteratur
überſah, und wie ſcharfſinnig er das beſondere Ver-
dienſt jedes der vorzüglichſten Schriftſteller unter-
ſchied; ein gleich deutliches Zeichen, wie ſehr er ſeinen geiſtigen Genuß vermannichfaltigte und wie fein
er wählte. Dieſes Schreiben iſt unter allen Schriften, welche bey dieſer Gelegenheit herauskamen, die
kürzeſte und bey weitem die beſte. — Unter Möſers
Papieren findet ſich eine franzöſiſche Ueberſetzung dieſes Schreibens; man weiß nicht, von weſſen Hand.

Möſer hat zur allgemeinen deutſchen Bibliothek nur eine einzige Recenſion geliefert *), welche in gewiſſer Rückſicht eine zweyfache genannt werden kann, da ſie zwey Bücher beurtheilt. Sie be-
trift hauptſächlich ein nun vergeſſenes Büchlein:
Von dem deutſchen Nationalgeiſte, welches im
Jahre 1765 ein Mann herausgab, gegangen durch

F 41

*) Abgedruckt in des VI. Bandes 1ſtem Stücke.

böse und gute Gerüchte, der damals in mehrern
Schriften, besonders in diesen und in zwey andern,
betitelt: Reliquien, und Was ist gut kaiser-
lich? seine Gelehrsamkeit und Einsicht auf die
niedrigste Art zu hämischem und politischem Partey-
geiste mißbrauchte *). Es kam damals unter dem Titel: Noch etwas zum deutschen Nationalgeiste, ein mit vielem Geiste geschriebenes Büchlein heraus, das zu den guten deutschen prosaischen Schriften gehört, und jetzt noch gelesen zu werden verdient.
Der Verfasser war Hofrath Bülow in Zerbst, ein
Mann von treflichen Talenten, der nur zu früh
starb. Er beleuchtete die Schrift: vom deutschen
Nationalgeiste, mit vieler Gelehrsamkeit und Munterkeit, und zeigte, die Schrift hätte eigentlich betitelt seyn sollen: Von der Unterthänigkeitspflicht
der deutschen Reichsstände gegen den Kaiser.
Möser beurtheilte in der Allgem. Deutsch. Biblioth.
beide Schriften mit seiner originalen Laune; daher
ich glaube, dieser Aufsatz werde billig in dieser Sammlung aufbehalten. Es scheint, der Verfasser der ersten
Schrift habe seitdem seine Meinung geändert, und
betrachte wenigstens jetzt das politische Unding, deutscher Nationalgeist genannt, von einer etwas andern Seite **).

---

*) Man sehe die Allgemeine deutsche Bibliothek, IX. Band.
1 St. S. 227. IX. B. 2 St. S. 96.

**) S. v. Mosers Mannigfaltigkeiten (Zürich 1796. 8.), IIr
Band, S. 14. verglichen mit dem Isten Bande, S. 153.

II. Bisher ungedruckte Schriften.

Das Nachspiel: die Tugend auf der Schaubühne, habe ich ſchon oben angeführt. Das übrige ſind meiſt unvollendete erſte Entwürfe; wovon aber keiner eines Möſer unwürdig iſt. Ich will hier eine kurze Nachricht davon geben.

Vom Antikandide, oder der Fortſetzung des Voltairiſchen berühmten Kandide iſt nur der Plan und das letzte Kapitel vorhanden, nebſt wenigen Fragmenten. Schade, daß dieſer philoſophiſche Roman nicht ganz vorhanden, und, wie es ſcheint, auch nicht ganz ausgearbeitet worden iſt! Das wenige Vorhandene zeigt, was es unter Möſers Händen geworden ſeyn würde.

Zwey Fragmente zu einer Bauerntheodicee ſind in Möſers gewöhnlicher launigen Manier.

Mehrere Fragmente, voll der mannichfaltigſten Ideen, zu einer Abhandlung über des berühmten Kant Aufſatz: Ueber die Theodicee, laſſen gleichfalls bedauern, daß dieſe Abhandlung nicht geendigt worden.

Fragmente zu zwey ganz verſchiedenen Abhandlungen, die eine: Ueber den Leibeigenthum *),

F 5 r

---

*) Möſer ſchrieb allezeit der Leibeigenthum, ſo wie man etwa ſchreibt, der Reichthum. Ich ſchreibe, mit Adelung, das Leibeigenthum; denn dieß Wort iſt ja eine Zuſammenſetzung des Worts Eigenthum, welches den Artikel das erfordert.

und die andere: Gegen den Leibeigenthum.
Mösern lag diese Materie sehr am Herzen, und da
die Praxis seines Landes ihm genugsam zeigte, daß
das Leibeigenthum dort schwerlich werde aufgehoben
werden, so war er immer bereit, auf mancherley Art
zu deduciren, wie das Leibeigenthum ehemals ganz
natürlich habe entstehen müssen.

III. Briefwechsel.

Der erste Abschnitt enthält aus meinem acht
und zwanzigjährigen Briefwechsel mit Mösern dasjenige, was das Publikum interessiren kann. Es sind
sehr viel Züge darin, welche den herrlichen Mann
schildern, so wie er war. Dabey finden sich manche interessante gelehrte Anmerkungen und Ideen,
es findet sich manches, das zur Geschichte seiner
Schriften gehört, und man wird es mir hoffentlich
auch verzeihen, daß ich viele Beweise seiner wahren
Freundschaft gegen mich und der Sympathie mancher seiner Gedanken mit den meinigen abdrucken lasse. Es ist wohl eine unbescholtene Ruhmredigkeit
nicht zu verbergen, daß man eines Mannes wie Möser vertrauter Freund war. Von meinen Briefen
sind nur ein Paar abgedruckt, welche dienen, etwas
in Mösers Briefen zu erläutern.

Der zweyte Abschnitt enthält den vermischten
Briefwechsel. Er ist nur klein, doch nicht unwichtig. Es ist ein Brief Mösers an Abbt, ein Paar

ungedruckte Briefe von dem Miniſter Grafen Herzberg an Möſer, einer vom Geſchichtſchreiber
Schmid an denſelben, zwey Briefe von Möſer an
Hrn. Geh. R. Urſinus in Berlin, Balladen und Min-
nelieder*) betreffend. Die letztern beiden Briefe zeigen,
wie ſich Möſers biegſamer Geiſt in alle Arten der
litteratur ſchmiegte. Ein ſchon gedruckter **) Brief
an Hrn. Rath Becker in Gotha iſt merkwürdig
durch Möſers Gedanken über den Unterricht des
landmannes.

IV. Jugendarbeiten.

Davon iſt etwas weniges beybehalten, das Möſers nicht unwürdig iſt. Es ſind einige Stücke aus
den Gemälden der Sitten und der deutſchen Zuſchauerinn, zu zeigen, wie der Mann in ſeiner Jugend ſchrieb, der nachher allgemein den Ruhm eines
der erſten deutſchen proſaiſchen Schriftſteller erlangt
hat. Ferner ein großer Theil der Vorrede des
Trauerſpiels Arminius, welches zeigt, wie gut Möſer ſchon damals die alte deutſche Geſchichte ſtudirt
hatte. Das Trauerſpiel ſelbſt, da es aus der Gott-
ſchedſchen Zeit, nach franzöſiſcher Manier geformt,
in gereimten Alexandrinern geſchrieben iſt, würde jetzt
nicht intereſſiren. Möſer war kein Dichter, aber

*) Die darin erwähnten Fragmente von Weſtphäliſchen Min-
neliedern ſind abgedruckt in den Phantaſieen, III. Theil.
S. 240; desgleichen in der Allg. d. Bibl. XXXVII. Band.
S. 370.
**) S. oben S. 67.

wer macht in der Jugend nicht Verse? und zu zeigen,
daß er dazu wohl einiges Talent hatte, ist auch ein
kleines Gedicht zur Probe abgedruckt.

Möser als Schriftsteller überhaupt genommen,
war nicht in der Lage, Plane zu weitläuftigen Schriften zu entwerfen und auszuführen. Seine osnabrückfche Geschichte, ein Werk voll Gelehrsamkeit und Scharfsinn, welches das entscheidendste Talent voraussetzt, entwarf er anfänglich gleichsam nur
zum häuslichen Gebrauche *). Erst, indem sein weit
umfassender Geist die Gegenstände entwickelte, bildete sich das Resultat zu ganz neuen fruchtbaren Aussichten in die allgemeine deutsche Geschichte überhaupt.

So entstanden auch alle seine herrlichen
Aufsätze entweder aus dem Zirkel seines Geschäftsle-
bens oder aus der Begierde die Sitten der zunächst
um ihn lebenden Gesellschaft zu bessern.

In tenui labor, tenuis non gloria!

Denn er brachte zu diesen kleinen Aufsätzen Talente, welche auch zu größern Werken hinlänglich gewesen wären. Erfindungskraft, verbunden mit
Scharfsinn, ächtem Witze und munterer Laune, vor
allem aber eine Menschenkenntniß und eine Philoso-

*) In seinem Briefe an mich No. 14. vom 1sten Juli 1776
verfichert er, die Endigung dieses Werks liege ihm am
Herzen: „weil der (damals noch minderjährige) Bischof
„mit der Zeit von der Verfassung des Landes, was er
„regieren soll, unterrichtet werden muß.“ Ob und in
wie fern der Bischof dieß Werk studirt hat, ist mir
nicht bewußt.

phie des lebens welche nur in der wirklichen Welt erlangt wird.   Daher findet man in Möſers Schriften nie weder den Dünkel noch die Einſeitigkeit unſerer ;vielen theoretiſchen Stubengelehrten, welche
nichts an ſich und andern beobachten mögen, ſondern
ohne Erfahrung, deren Werth ſie nicht kennen,
alles aus ihrem Gehirne herauszuklügeln vermeinen
und daher weit ſuchen, ohne zuweilen ſogar nur das
zu treffen, was vor Augen liegt.   Man findet bey
Möſern gründliche Gelehrſamkeit, ſelten aber in gelehrter Geſtalt; nie die trockne Schulweisheit des
Katheders, nie die beredtſeynſollende Wortfülle der
Kanzel, oder den ſteifen Reſolutionsſtyl der Kanz-
ley, ſondern allenthalben die Stimme der reifen Erfahrung, vereint mit dem ſchlichten geſunden Verſtande, wodurch allein die menſchliche Geſellſchaft
beſteht und regiert wird.   Alles lebt in dieſen Auffä-
tzen, allenthalben ſehen wir die mannichfaltige wirkliche Welt vor .uns, alles können wir auf uns anwenden, alles iſt uns nahe ohne gemein zu ſeyn; und
wo auch der Gegenſtand gemein wäre, wird er gehoben durch die Wichtigkeit des Einfluſſes den uns der
Schriftſteller mit großer aber verſteckter Kunſt vor
die Augen zu bringen weiß, und durch die mannichfaltige Art der Einkleidung, die dem Gegenſtande ſo
natürlich zuſagt, daß ſie nicht für Einkleidung, ſondern für einen Theil des Gegenſtandes ſelbſt zu ſeyn
ſcheint.   Möſer hatte die Gabe anmuthig zu ſeyn,
doch nicht fade, munter zu ſeyn ohne Getwitz,

freymüthig zu seyn ohne zu beleidigen, viel zu sagen
ohne Prätension, belehrend zu seyn ohne Lehrerton,
ausführlich ohne Langeweile, deutlich ohne Seich-
tigkeit, gründlich ohne Dunkelheit und Steifsinn.
Möser mußte durch diese Talente bey uns um so
mehr glänzen, je seltner sie von jeher in Deutschland
bey den Schriftstellern waren, welche für die Welt
zu schreiben vermeinten. Sie schrieben oft nur für
sich und ihren engen Gesichtskreis. Es möchte von
nicht wenigen deutschen Schriftstellern, auch von
denen welche uns ihre eigene reine transscendentale
Vortreflichkeit selbst auseinander zu setzen bemühet
sind, wohl mit Recht heißen können: „Cet homme
„a bien du merite, mais c'est du baume dans un vi-
„lain vase. S'il est savant, tant mieux pour lui,
„mais non pas tant mieux pour les autres *)." So
war Möser nicht.

Möser als Schriftsteller ist schon sehr richtig
mit Franklin verglichen worden **). Allerdings findet sich in allen Aufsätzen beider Schriftsteller „ein
„Anstrich von Sonderbarkeit, verbunden mit thäti-
„ger gesunder Vernunft und Menschenliebe." Bey
beiden sind „Originalität, Eifer zur Verbreitung
„heilsamer gemeinnütziger Wahrheiten, Witz und
„Laune" beynahe in gleich großem Maaße anzutref-
fen. Indeß da Franklin's gelehrte und politische
Laufbahn ganz anders gerichtet war als Mösers, so

---

* S. Sturz Schriften I. Th. S. 115.

**) S. Berlinische Monatsschrift 1783. Jul. S. 37. 38.

ſcheint mir, unter den Ausländern, niemand als
Schriftſteller Möſern näher zu vergleichen wie Ad=
diſon, der ihm an Fähigkeit zu Geſchäften ſo ganz
unähnlich war; obgleich der Geſchäftskreis beider
Schriftſteller einige Aehnlichkeit hatte. Beiden
war die feine Weltkenntniß, die ungeſuchte Eleganz,
der Sinn für das Schickliche, die mannichfaltige Ein=
kleidung und die Gabe, ganz kleine Gegenſtände zu wich=
tigen Folgen anzuwenden gemein. Der Zuſchauer
und die Phantaſieen ſtehen in gleichem Range.

Unter den Deutſchen iſt Möſer an reifer
Weltkenntniß und an Eifer ſie zum Beſten ſeiner
Mitbürger anzuwenden Büſch*) am meiſten zu ver=
gleichen; nicht in der Einkleidung, welche bey
Büſch, nach ſeiner Abſicht, milde Belehrung ſeyn
ſollte die nie in Lehrerton ausartete, ſo wie auch
bey Knigge in ſeiner Schrift vom Umgange.
Engel und Lichtenberg ſind in Abſicht auf Sinn
und Einkleidung Möſern, jeder auf eine andere Art,
gewiſſermaßen mehr kongenial. Leſſing und Wie=
land, deren Geſellſchaft Möſer ſonſt nicht unwürdig
iſt, haben Gegenden der Litteratur angebauet, die
von der ſeinigen zuweit entfernt ſind.

Sturz **) iſt ihm gewiſſermaßen am ähnlich=

*) In Büſch's Erfahrungen, beſonders in der meiſter=
haften Abhandlung über die Einförmigkeit im I. Bande.
**) Im deutſchen Muſeum, im Oktober 1781 S. 309 und im
Febr. 1781 S. 1789 ſind über Möſer und Sturz als
Schriftſteller ſehr feine Bemerkungen, welche nachgele=
ſen zu werden verdienen.

sten, aber doch sehr wesentlich von ihm unterschieden.
Beide besitzen die reife und mannichfaltige Weltkenntniß, die unter den Gelehrten aller Nationen nicht so
gar gemein ist, unter den Deutschen aber am seltensten gefunden wird. Beide haben Menschen aus
allen Ständen kennen lernen, und schildern sie mit
gleich großem Talente nach dem Leben und mit leben-
digen Farben. Aber jeder von diesen Schriftstellern
sah Welt und Menschen aus ganz verschiedenem
Standpunkte, beurtheilte sie also auch anders.

Sturz lebte am Hofe und unter Hofleuten;
Möser im Geschäftskreise und in der bürgerlichen Gesellschaft. Möser kannte die feine Gesellschaft auch,
wenn nicht durch den Hof, doch durch die welche
an den Hof gehen, und trug auch das Seinige bey,
den Ton des Mittelstandes unbefangener und feiner
zu machen. Da aber die bürgerliche Gesellschaft
weitumfassender ist, und höhere Zwecke hat als bloß
den Ton, so sind auch Mösers Absichten weitumfassender, und gehen mehr aufs Nützliche. Sturz
amüsirte sich selbst und suchte andere zu amüsiren, freilich mit einer Feinheit, mit einer Weltwissenschaft,
mit einer Kenntniß der Konvenienzen der Lebensart
in der großen Welt und in einer leichten Schreibart
dieser Konvenienz selbst angemessen, dergleichen vor
ihm bey keinem deutschen Schriftsteller zu finden war.
Sturz, wie ein Hofmann, sah an Menschen und
Gegenständen vorzüglich die äußere Seite, so wie sie
sich in der feinen Gesellschaft mit Vortheile oder

Nach-

Nachtheile zeigt; Möser, immer den Mittelstand und die bürgerliche Gesellschaft vor Augen, wußte ins Innere der menschlichen Charaktere und Handlungen zu dringen, und stellte sie vor in der Absicht das menschliche Leben überhaupt zu bessern und angenehm zu machen. Jener, als ein Hofmann hat immer etwas Gemächliches in Beobachtung und Schreibart; und fast beständig die höfliche Wendung die das Widrige was zu sagen ist, verschleyert, und wie von ohngefähr etwas Verbindliches einfließen läßt. Dieser, beständig in thätigem Leben, kennt auch die sehr nöthige Schonung, aber indem er äußerlich schont, vergiebt er der innern Energie nichts. Sturz war sehr oft, und wie man merkt, sehr gern, in dem was die große Welt Gesellschaft heißt, wo — um seinen eigenen Ausdruck zu brauchen*) — „wo alle schwatzen, niemand sich unterhält, — im „Gedränge wo man einsam ist.“ Möser kannte die große Welt auch, war oft in großer Gesellschaft und hatte dergleichen nicht selten in seinem Hause, nicht aus Neigung sondern Anstandes wegen; und dennoch war er in solchem Gedränge weniger einsam als ein Hofmann, sondern gleichsam immer zu Hause, weil seine Menschenkenntniß vielseitiger war. Er konnte also jeden tiefer beurtheilen, und selbst an dem alleruninteressantesten Menschen, wenn er mit einem

*) Sturz Schriften I. Theil S. 104

Mösers Leben. G

solchen in Gesellschaft seyn mußte, eine interessante
Seite finden *), und mit der Gutmüthigkeit, welche
am Hofe und in der polirten Welt so selten ist, wußte er Menschen an Menschen zu knüpfen. Sturz sah
das menschliche Geschlecht vom Hofe aus und aus
den glänzenden Weltgesellschaften, welches eben nicht
der erfreulichste Gesichtspunkt ist. Er sagt mit Bit-
terkeit: „lernt euer brüderliches Geschlecht an Hö-
„fen, lernt euern Nebenbuhler im Amte, im Ver-
„stande, im Glücke kennen, erhebt euch durch irgend
„ein Verdienst, und glaubt in der Unschuld eures
„Herzens, daß man euch liebt und schätzt, weil man
„euch umlächelt und umarmt. Wenn endlich unter
„euch der Boden wegsinkt, durch freundliche Mör-
„der untergraben — dann seht, wie sich eure Freun-

*) Es kam mehrere Jahre nach Pyrmont ein Mann, mit
welchem fast nichts zu reden war, und den also Leute
von Geiste eben nicht suchten, und sich zuweilen wohl
gar unvermerkt von ihm wendeten. Möser entdeckte seine
einzige vorzügliche Seite, daß er ein guter Whistspieler
war, und spielte fast täglich ein Stündchen mit ihm.
Mösers vortrefliche Tochter sagt (in der Vorrede des IV.
Bandes der Phantasieen) von ihrem Vater: „Er hasse
„die Schreiber wie die Spieler, ob er gleich sehr gern schreibe
„und spiele.“ Er war aber weise im Spielen wie im Schreiben. Da ich gar nicht spiele, sagte er mir oft im
Scherze: Wer ein rechter alter Deutsche nach dem Tacitus (Kap. XXIV.) seyn wolle, müsse wie unsere Vor-
väter ernsthaft und hoch, lucrandi perdendive temeritate,
spielen. Er liebte auch hoch zu spielen; doch wendete
er nie mehr Zeit und Geld aufs Spiel als er sich vor-
gesetzt hatte. ?

„be retten, als vergiftetet ihr die Luft; wie eure
„Klienten euch für genossene Wohlthaten anspeyen;
„erttragt der Glücklichen stolzes, niedertretendes, er=
„würgendes Mitleid, und liebt die Menschen, wenn
„Ihr könnt *)." Möser hingegen schrieb die herr=
liche Politik im Unglücke **), worunter er haupt=
sächlich rechnete, „das Leere der glänzenden Freuden
„zu erkennen." Wäre er unglücklich geworden, wür=
de es ihm leicht gewesen seyn, diese Politik selbst aus=
zuüben, ihm der ganz andere Freuden kannte. Er
würde, hätte er unglücklich werden sollen, leicht „der
„Glücklichen stolzes, niedertretendes Mitleid" ertra=
gen haben, welches Sturz auch ertrug, aber mit
trauriger Anstrengung. Möser hätte freylich ver=
zweifelt, diese verächtliche Menschen lieben zu kön=
nen, aber nicht überhaupt die Menschen zu lieben;
denn er kannte die Menschen mannichfaltiger: und
wirklich erscheint die Menschheit viel liebenswürdiger
im Gesichtspunkte des thätigen und häuslichen Le=
bens betrachtet, als in dem Gesichtspunkte des Ho=
fes und der großen Welt. Sturzens Schilderung
ist schrecklich wahr, aber nur von wenigen der
Menschen, „die im Leeren der glänzenden Freu=
„den leben." Der Hof kann sehr leicht eigensüch=
tig und fühllos machen, so wie die Macht den Fühl=

G 2 36.

*) Sturz Schriften, I. Band, S. 134.
**) S. Phantasieen, III. Band, S. 24 — 68 —

losen im Kriege hart und übermüthig, und die äuf-
serste Noth den Unterdrückten grausam. So sind
aber nicht die Menschen überhaupt. Der thätige
Mittelstand, der sich beständig wechselseitig braucht,
ist sittsamer und milder, und man darf nicht so leicht
an ihm verzweifeln, auch hebt sich eher seine
Moralität wieder durch eigene Kraft, und dieser
schätzbare Mittelstand war Mösers eigentlicher Wir-
kungskreis als Schriftsteller. Die verschiedene Art
Menschen von verschiedener Art zu betrachten, hat
auf beider Schriftsteller so verschiedenes — es ist
kein deutsches Wort da; die Franzosen nennen es
faire — den sichtbarsten Einfluß. Doch geht zuweilen einer unvermerkt in des andern Manier über.
Sturzens: Wer ist glücklich? und dessen berühmte
Reise nach dem Deister *), sind beynahe Möse-
risch, und Mösers: Ein kleiner Umstand macht
vieles **), ist beynahe Sturzisch.

Die Lage, worin Möser seine Lebenszeit zubrachte, erklärt zwar genugsam, warum sich vieles in
seinen Schriften auf eine gewisse Art bildete und mo-
dificirte; aber manche deutsche Leser einer Biogra-
phie wollen mehr wissen. Es soll ihnen psycholo-
gisch gezeigt werden, wie ein Schriftsteller gerade
das geworden ist, was er war; eine Forderung, wel-

*) S. Sturzens Schriften, I. Band. S. 241 und S. 252.
**) S. Mösers Phantasieen, IV. Band. S. 68-9.

cher sogar manche Lebensbeschreiber Genüge zu
thun dachten, ohne recht zu wissen, was sie eigentlich wollten.   Bey dem Manne, der seine Brotwis-
senschaft zunftmäßig erlernt, oder sein System nach
der Schulmethode begriffen hat, um es methodisch
wieder mündlich oder schriftlich von sich zu geben,
kann man auch recht methodisch zeigen, wie er dazu
kam.   Man kann im Hauskalender genau annoti-
ren, wann und wie der Garten mit einer blühenden
Dornenhecke umzogen, und wann sie schadhaft geworden und wieder geflickt ward.   Aber du fragst,
wie es zugeht, daß dieser Obstbaum vor allen
andern, die um ihn stehen, so schlank gewachsen ist,
daß Stamm und Zweige so gesund, daß dessen
Früchte so vorzüglich schön sind.   Ich sage: er ist so
gewachsen aus eigener innerer Kraft; setze dich in seinen Schatten und genieß die edlen Früchte.   Wer
Mösers Schriften nicht fleißig und con amore gelesen hat oder lesen will, wird wenig von dem verste-
hen, was ich darüber sagte.

Der persönliche Charakter eines Mannes läßt
sich für den, der nicht persönlich mit ihm umging,
selten recht anschaulich, noch weniger individuell schildern, und derjenige, der mit ihm umging, bedarf
der Schilderung nicht.   Und doch mag der Leser von
einem geliebten Schriftsteller gern, so wie jeden Le-
bensumstand, so auch jeden Charakterzug kennen,
wenn es auch unvollkommen wäre! — Und nur sehr

G 32

unvollkommen kann der edelste Charakter geschildert
werden, der, dessen Eigenheit nicht im mindesten an
Karrikatur gränzt, der, wo alle Fähigkeiten des Verstandes und alle gute Eigenschaften des Herzens im
vollkommensten Ebenmaße stehen, sich wechselseitig
dergestalt erleuchten, daß sie ein großes, vollkomme-
nes, in sich zusammenströmendes Licht ausmachen.

Daß Mösers Charakter vorzüglich gewesen
sey, erhellet schon daraus, daß er bey den schwie-
rigsten Geschäftsführungen viele Jahre lang das allgemeine Vertrauen bis an sein Ende genoß, in einem
Lande und in einer Verfassung, wo das allgemeine
Vertrauen zu erhalten eben nicht leicht ist; aber,
wie vorzüglich sein Charakter gewesen, wer wagt es
so auseinander zu setzen, daß es ganz deutlich wäre?
Der Mann war redlich, bieder, patriotisch, unei-
gennützig im höchsten Grade, menschenfreundlich,
wahr, zuverläßig, fest ohne Eigensinn, nachgebend
ohne Schwachheit, unverzärtelt ohne Rauhigkeit,
gutherzig ohne Unbesonnenheit, froh und munter oh-
ne Leichtsinn, gleichmüthig ohne Gleichgültigkeit, seines Werths sich bewußt ohne Egoismus, frugal oh-
ne Geiz, mildthätig ohne Praleren, gastfrey ohne
Verschwendung. — Alles höchst wahr; im Allgemeinen! Der du damit nicht zufrieden bist, der du
genauer geschildert verlangst, wie alle diese herrliche
Eigenschaften sich individuell zu einem noch herrli-
chern Ganzen vereinigten, sage mir erst, wie der

ſchneeweiße Honig ſchmeckt, den Preußens Bienen
aus den vollen Blüten hundertjähriger Linden ſaugen
und mit deren Süßigkeit auch den holden Duft in
ihren Honig übertragen. Oder, haſt du ihn gekoſtet,
vergeiſtige das Bild, wenn du kannſt, und du haſt
Möſers Charakter!

Er war glücklich im häuslichen Leben mit einer
Gattinn voll Verſtand, Theilnehmung und allen
wirthſchaftlichen Tugenden. Er hatte das Unglück,
daß ſein einziger ſehr hoffnungsvoller Sohn im zwan=
zigſten Jahre auf der Univerſität zu Göttingen ſtarb.
Aber dieſer Verluſt ward ihm erſetzt durch die unbe=
ſchreibliche Liebe ſeiner einzigen Tochter, einer Frau
an Geiſt und Herz, ihres Vaters ganz würdig. Sie
hing faſt mit noch mehr als kindlicher Liebe an ihm,
und war auch wieder die Freude ſeines Lebens. Nach
dem Tode ſeiner Gattinn *) widmete ſeine Tochter
ſich ihm ganz, und alle Sorgfalt, alle Pflege, alle
geiſtige Unterhaltung, welche die zärtlichſte Liebe ge=
währen kann, wendete ſie an, ſein Leben zu verſü=
ßen. Nächſt ihr war ihm der Enkel ſeines ehemali=
gen vertrauten Freundes, Herr Kanzleyrath von Bar,
der ihn bis in den Tod mit ununterbrochner Erge=
benheit liebte, vorzüglich zugethan. Dieſen, und ſei=
ner geliebten Schweſter Kinder, welche in Osna=
brück verheurathet ſind, ſah er wie ſeine eigene Kin=

S 4

*) Sie ſtarb im Jahre 1787.

her an, und liebte sie väterlich. Ihnen und seinen hortigen Freunden, welche den Zirkel seines Umgangs ausmachten, dankte er die glücklichsten Stunden seines Alters. Er erwähnte ihrer oft gegen mich bey unserm Aufenthalte in Pyrmont, wenn er sich seines zufriednen Lebens in seiner Vaterstadt freute. Mit welcher innigen Freundschaft ich selbst an ihm hing, sowohl ehe ich ihn persönlich kannte, als nachdem ich ihn im Jahre 1781 persönlich hatte kennen lernen, wie vieles Vertrauens er mich würdigte, an wie vielen Seiten unsere Gesinnungen sich berührten, hier zu beschreiben, würde vielleicht anmaßend aussehen, und doch meinem Herzen nicht genug thun; meinen Lesern aber würde jede Beschreibung nur schwach scheinen: denn die Innigkeit der Empfindungen vertrauter Freundschaft und der Liebe können ihrer Natur nach dem großen Publikum nie ganz offen seyn.

Mösers Person war von mehr als gewöhnlicher Größe, so sehr daß sich sein Vater nicht traute, ihn vor dem Jahre 1740 außer Landes auf eine hohe Schule zu schicken, bis König Friedrich Wilhelm I. von Preußen gestorben war, welcher bekanntlich glaubte, auf alle Jünglinge, höher als fünf Fuß sieben Zoll, ein göttliches Recht zu haben, sie seiner großen Grenadiergarde einzuverleiben. Er war stark von Gliedern, alle im äussersten Wohlverhältnisse. Sein Gang war fest, nicht schwankend, nicht stattlich, nie übereilt. In seinem Angesichte war eine

Uebereinstimmung von Treuherzigkeit und Würde ohne Anmaßung, von Verstande, vereinigt mit Fülle und Feinheit der Empfindung, die sich nicht beschreiben läßt, aber Jedem Zutrauen zu diesem Gesichte einflößte. Ich wünschte, es möchte das Bildniß, was vor dem Titel steht, diesen unnachahmlichen Ausdruck, den es nicht verfehlt, ganz haben fassen können. Er ist beynahe erreicht in der herrlichen Zeichnung, wornach es gestochen worden, gezeichnet von einem Frauenzimmer voll Geist, welche hohe Charaktere würdigen und empfinden kann, und welcher die Freundschaft und Verehrung Mösers ihre ohnedieß schon sichere Reisfeder zu noch innigerm Ausdrucke führten. Der Umriß im Profile am Ende dieser Lebensbeschreibung ist geätzt nach einem Wachsbilde in gleicher Größe vom Hrn. Wessel, einem geschickten Bildhauer in Osnabrück, der sich in seiner Kunst in England vervollkommnete. Die Münze auf dem Titel ließen einige Freunde Mösers im Jahre 1760 zu seinem sechszigsten Geburtstage prägen. Sie hat bloß Werth als ein Denkmal der Freundschaft.

In seinem ganzen Wesen war Ernst mit Freundlichkeit verbunden. Sein Mund lachte selten, aber fast beständig schwebte auf seiner heitern Stirn und auf seinem ganzen Antlitze das unauslöschliche Lachen, das Homer seinen Göttern zuschreibt. Er war gastfrey und hielt ein ansehnliches Haus; er selbst war

mäßig. Der Vorfall in seinen Kinderjahren, da er
sich selbst in die Lage gesetzt hatte, jemanden um eine
Gabe ansprechen zu müssen, hatte in ihm den Ent-
schluß hervorgebracht, niemals einem Bettler eine
Gabe zu versagen. Da ich bey unsern jährlichen
Zusammenkünften in Pyrmont gemeiniglich bey ihm
blieb, bis er abreisete; so habe ich ihn oft gesehen,
ehe er wegfahren wollte, eben wie Yorik in Mon-
treuil *), umringt mit Bettlern, denen er mit zu-
traulicher Mine und oft mit theilnehmenden Worten
einem nach dem andern mit größter Geduld austheil-
te, so lange noch einer da war.

Er war nichts weniger als habsüchtig; aber er
ist in jüngern Jahren eine ziemliche Zeit lang daran
gewesen, Gold machen zu wollen, worüber er auch
mit dem bekannten Metallurgen Kramer in Braun-
schweig korrespondirte, der ebenfalls an die Möglich-
keit des großen Werks glaubte. Die Liebe zu seinem
jüngern Bruder Joh. Zacharias, welcher, um das
Geheimniß den Stein der Weisen zu erfahren, sich
Ein Jahr in Algier und Tripolis aufgehalten hatte,
bewog ihn an diesen kostbaren Versuchen Theil zu
nehmen. Er lächelte selbst darüber, wenn er im
Vertrauen davon erzählte, und setzte hinzu: Was
wäre man für ein Mensch, wenn man nicht einmal
einen vergeblichen Wunsch gehabt hätte! Dieß war

---

*) S. Yoriks empfindsame Reisen, I. Band. S. 95.

bedeutend geſagt von dem Manne, der immer in weiſer Zufriedenheit lebte, der ſich nie von Mißvergnügen plagen ließ, daher ſich auf ſolche Wünſche einſchränkte, deren Erfüllung er in ſeiner Gewalt hatte.

Möſer gehörte auf keine Weiſe zu den Männern, die im Rufe mehr gewinnen, und dagegen verlieren wenn man ſie in der Nähe ſieht. Er gewann vielmehr ſehr, man mochte ihn in kleiner oder großer Geſellſchaft ſehen. Sein Charakter war wahr, aber nicht von der rauhen Wahrheit welche andern läſtig wird. Er trug in Geſellſchaft jeden andern und drückte niemand. Er wußte das Eigenthümliche und das Beſte jedes Charakters, der ihm in Geſellſchaft vorkam, bald zu entwickeln, und ſuchte ihn dem gemäß zu unterhalten. Man erzählt von Hume, er ſey ſtill und trocken geweſen, wenn ihn die Geſellſchaft, in welcher er war, nicht intereſſirt habe. Möſer, obgleich in ungewünſchter Geſellſchaft etwas ernſthaft, war immer aufmerkſam und für jede Unterredung gegenwärtig, nie abweſend oder zerſtreut. Doch bemächtigte er ſich, ſelbſt unter Freunden, nie herriſch des Geſprächs, vertheidigte nie ſeine Meinungen hartnäckig, hatte nie das Anſehen belehren zu wollen, ſondern nur Gedanken zu wechſeln, und da belehrte er oft am meiſten, wegen des Werths ſeiner Gedanken. Er kannte ſeinen eigenen Werth, trug ihn aber nie zur Schau; von Stolz oder Dünkel ganz rein. Sein Witz war treff-

fend, aber urban, so wie sein Scherz, seine Satire
milde, nie bitter. Er urtheilte nicht nach Laune,
aber oft skeptisch. Seine Urtheile von einzelnen
Menschen waren weder heftig, noch hämisch; aber
treffend wahr, sobald es sich thun ließ, seine Meinung ganz zu sagen. Er sprach nie beleidigend, und
hielt sich durch Worte oder Widerspruch nicht belei-
digt; und wenige hätten auch einen solchen Menschen
beleidigen können, der gegen alle, die er um sich sah,
indulgent, nur gegen sich selbst streng war.

So lebte er in beständiger Beobachtung seiner
Pflichten und in ungestörtem Geistesgenusse, glücklich in seinem Hause, in der Stadt und im Lande
verehrt und geliebt, seinem eigenen Ausdrucke nach,
erfreut durch vieles, betrübt durch weniges, gekränkt
durch nichts. Er war meist gesund, und vorbeyge-
hende Beschwerden ertrug er gleichmüthig; er ging
daher auch jährlich nach Pyrmont, nur um sich mit
seinen Freunden zu unterhalten, und um die heitere
Luft zu genießen, brauchte aber weder Brunnen, noch
Bad.

Bey herannahendem Alter, empfand er öfter
eine Art von Krämpfen, die einige Tage anhielten.
Es war dieses vielleicht bloß eine der gewöhnlichsten
Unbequemlichkeiten des Alters; er schrieb es aber
einem kalten Bade zu, das er einst genommen hatte,
und erklärte diese innern Spannungen durch eine
sehr sinnreiche Hypothese, vermöge welcher er zu be-

duciren wußte, die Natur arbeite von innen heraus,
um nach und nach das Gleichgewicht der körperlichen
Oekonomie wieder herzuſtellen *).   Dieſe Gedanken,
bey ihm zu einer feſten Ueberzeugung gediehen,
machten, daß er, ſobald er ſeine Beſchwerden verſpür-
te, ſich ganz ruhig aufs Bette ſtreckte, um die vermeinten wohlthätigen Bemühungen der Natur ab-
zuwarten, ſelbſt ſchlafloſe Nächte nicht achtete; denn
das Uebel brachte gewöhnlich Schlafloſigkeit mit ſich,
und er war nicht zu bewegen Mittel zu nehmen,
welche die Schmerzen gelindert und vielleicht endlich
die Krankheit ganz gehoben hätten.   Er ſcherzte oft
mit ſeinen Freunden über ſeine eigene Beharrlich-
keit, aber dieſe gründete ſich auf die feſte Ueberzeugung, daß die Natur das Uebel durch das Uebel
ſelbſt heben werde, welches er ganz gewiß hofte, um
ſo mehr, weil die Krämpfe von Zeit zu Zeit aufhör-
ten, er ſich zu beſſern glaubte, ſich auch wirklich beſſer befand, welches bey ſo dauerhaftem Körper und
ſo gleichmüthigem Geiſte nicht zu verwundern war.

Er empfand im Anfange des Jahres 1794
einen unbedeutenden Katarrh, der ihm nicht unge-
wöhnlich war, wobey er ſich leidlich befand und zuweilen bey ziemlich munterer Laune war.   In der

---

*) Man ſehe im Briefwechſel ſeinen Brief an mich Nr. 35.
von 17 Dec. 1785, und das hinter demſelben abgedruckte
in Möſers Nachlaſſe gefundene Blatt, desgleichen der folgenden Brief Nr. 36.

Nacht vom siebenten zum achten Jänner empfand
er ängstliche Bewegungen. Er hielt sie anfänglich
nach seiner gewöhnlichen Art für eine Wohlthat der
Natur, den Körper von innen heraus von dem alten Uebel zu befreyen. Bald aber merkte er seinen
Irrthum, fühlte daß es Todesschweiß war, und
sagte, eingedenk seines Streits mit seinen Freunden
über die Richtigkeit seiner Hypothese, mit größter
Gleichmüthigkeit: „Ich habe den Prozeß verloren!"
Er gab ruhig noch einige Aufträge *), ließ seiner
vortreflichen Tochter, der zweyten Hälfte seines Herzens, für alle Beweise ihrer Zärtlichkeit danken, und
sagte: Er sey nun müde und wolle schlafen. — So
entschlief er, ruhig, so wie er lebte.

Noch mehr über den Mann und den Freund
zu sagen, erlaubt mir meine Empfindung nicht, die
mich übernimmt, indem ich schreibe.

Seine Beerdigung war äusserst feyerlich, nicht
des Pomps wegen, sondern wegen der herzlichen
Theilnehmung, da eine große Anzahl Menschen aus
allen Ständen dazu freywillig und ungebeten kamen,
sogar Bauern vom Lande, um einem allgemein ver-
ehrten Manne das letzte Zeichen ihrer Zuneigung zu
geben.

*) Man sehe Hrn. D. Kleukers Nachricht von Mösers Tode
in der Berl. Monatsschrift 1794, May. S. 489.

Es gilt von ihm, was Tacitus vom Agricola ſagt: Finis vitae eius nobis luctuoſus, patriae triſtis, extraneis etiam ignotisque non ſine cura fuit.

Möſer